大活字本シリーズ

きつねのはなし

森見登美彦

《下》

埼玉福祉会

きつねのはなし

下

装幀　巖谷純介

目次

きつねのはなし

魔

○

夕立が近づいてくる気配を私は好んだ。黒雲が大きな獣のように夏空を走って、乾いた街路が沈んでゆくように翳《かげ》ると、果実のような甘い匂《にお》いがあたりを満たす。最初の一滴はまだ落ちない。そんなときに街中を歩いていると、わくわくと身体《からだ》が震えるような気がした。

初めて彼女を見たのも雨の中であり、最後に彼女と会ったのも雨の中である。

大粒の雨が痛いほど降り注いで、路地のアスファルトが飛沫《しぶき》で煙っていた。青い稲妻が濡《ぬ》れた彼女を照らしだし、その手にある木刀がつややかに輝いた瞬間を思い出す。

○

西田酒店は御苑《ぎょえん》の緑がすぐ西に迫る、入り組んだ町中にあった。初めて訪ねたのは五月のことである。友人が描いた地図が間違っていたので、私は狭い路地を行ったり来たりした。街路を吹き渡る風はひんやりとして、桃色から藍色《あいいろ》に変わってゆく空が美しかった。

町角に小さな煙草《たばこ》屋があった。となりに並んだ自動販売機が路地いっぱいに光を放っている。薄暗い店内を覗《のぞ》き込むと、小さな婆《ばあ》さんが膝《ひざ》に毛布をかけて、がらくたに埋もれるようにして座っていた。私は煙草を買い、西田酒店の場所を訊《たず》ねた。

教えてもらった通りに歩いていくと、すぐに酒店は見つかった。シャッターが上がっていて、往来に明かりが漏れていた。路上にはビールケースや段ボール箱が積んである。半開きになった硝子戸《ガラスど》の中から喧《やかま》しく言い合う声が聞こえてきて、入るきっかけが摑《つか》めず、私は逡巡《しゅんじゅん》した。やがて手ぬぐいで鉢巻きをした中年の男が出てきて、独り言を言いながら路上に置いてある段ボールに手をかけた。私が声をかけると、その男性は「ああん？」と大きな声を出して見返した。眉《まゆ》毛《げ》が黒々と太かったが、頰から顎《あご》にかけて散っている髭《ひげ》には白いものが混じっていた。

「あのう、家庭教師を」と私が言い終わらぬうちに、「ああ」と彼は顔を明るくした。そうして店へ向かって、「おおい」と大きな声で呼び掛けた。

西田酒店の仕事を紹介してくれたのは、大学の友人である。仕事というのは、高校一年になる次男の家庭教師であった。そもそも友人は臨時アルバイトという形で酒店で働いていたのだが、いつの間にか家庭教師としてもぐりこむことに成功したのである。

先任者たる彼が画策して、西田一家の私への評価を前もって押し上げておいてくれたので、最初から好意的に迎えられた。時給はとくに高くないが、斡旋《あっせん》業者に上前をはねられているわけではないし、よく夕飯や酒を御馳走《ごちそう》になったので文句はなかった。

実際には、親父《おやじ》さんと一緒に酔っぱらっていることも多かった。二階の部屋で教えていて午後九時を回ると、みしみしと古い階段をきしらせて親父さんがのぼってくる。我が子が勉強している様子を探りに来るのではなく、私を誘い出しに来るのである。やがて、親父さんと意気投合して、ますます階下が居心地よくなり、自分が勉強を教えに来たのか、酒を呑《の》みに来たのか分からなくなった。

親父さんが誘うからと言って調子に乗っていると、奥さんの機嫌がだんだん悪くなって、ときどき叱《しか》られた。叱ると言っても、親父さんを介して叱るので、私に面と向かっては言わないのである。奥さんが奥で何か仕事をしながら、「いいかげんにしときなさいよ」とウンザリした声で親父さんに声を掛ける。私は酒杯を措《お》き、げらげら笑っていた口を貝のように閉じて、神妙にする。
ひとたび奥さんが噴火すると、しばらく我々は息をひそめることにしていた。

○

西田家の住まいは店舗に隣接しており、木造の二階建てである。道に面した門から入ることもできるし、酒屋の三和土《たたき》から居間へ上がることもできる。私は店に入って親父さんや奥さんと世間話をしてから住まいに上がることもあったが、店に客がいるときには玄関から入った。

格子戸《こうしど》をあけて声を掛けると、靴を脱いでいるあいだに、二階から私の教え子が階段の中ほどまで下りてきて「いらっしゃい」と言う。彼のあとについて軋《きし》む階段を上りながら、私が「やるか」と言うと、彼は「へーい」と気の抜けたような声を出した。

教えることになったのは修二という高校生だった。彼は一見茫漠《ぼうばく》としてつかみ所のない感じがある。おたがいに慣れないうちは、勉強以外のことは口にしなかった。親父さんと酒を酌《く》み交わすようになるにつれて、だんだん私の立場も固まってきて、ようやく彼と私の間の緊張もほぐれてきた。

修二は私よりもずいぶん大きい。胸板も厚くて、服の上からでも鍛えられた筋肉が見てとれるほどである。机に向かって大きな背を丸めているのを傍らで眺めていると、堅くて立派に仕上がった鉄板を無理にねじ曲げているようで、可哀相《かわいそう》な気もした。あまり格好には気をつかわないらしく、短く切った髪が会うたびに違う方角へ波を打って乱れていたことを思い出す。

だんだん慣れて、修二の腹の底で静かに揺れている感情が飲み込めてくると、私はこの愛想のない高校生が好きになった。

彼の一番の好物だという西村の衛生ボーロを、近所の駄菓子屋で買ってきて、勉強の合間に二人で囓《かじ》ったこともある。小さなボーロを大きな掌《てのひら》に載せて、口に流し込みながら、彼はふふふと笑った。肩幅の広い立派な骨格は遊牧騎馬民族のような親父さんを思わせたが、彼の顔は母親似で、笑うとますます奥さんの血が分かるような可愛《かわい》い顔になった。

「これはどんだけ食っても飽きんな」と彼は言った。
「妙なもんが好きだなあ」と私はボーロをつまんだ。

○

朝から不穏な風が吹き渡った。雲が一日中重く垂れ込めていたが、雨はなかなか降りださない。マンションの薄暗い階段を下りていくと、生ぬるい風が吹き上げてきて、私の頬を撫《な》でた。新聞を取りに行くのを怠っているので、郵便受けが一杯になっていた。

荒神橋《こうじんばし》を渡っているときに、ぽつぽつと降りだした。欄干に手をのせて北を眺めると、遠くにそびえる山々が煙っていた。吹きつける風が私の髪を乱した。雨がひどくならないうちに西田酒店へ着かなければばいけないと思うけれども、この不穏な空の下で少しあたりをぶらついていたいという気もする。

私は入り組んだ町中を歩くのが好きだったので、家庭教師に出かけるたびに違う道筋を選んで歩いた。どれだけ狭い界隈《かいわい》でも、歩くたびに違う表情を見せるのが面白く、横にのびた細い路地があると入ってみたくなった。だから約束の時間よりも早めに出て、少し遠廻りになるのもかまわずに町を散策してから西田酒店へ行くことがしばしばあった。

町が夕闇《ゆうやみ》に沈みだすと、横に伸びた路地は神秘的に見えた。懐《なつ》かしいようでもあり、不気味なようでもある。その奥へ入って行くと、そのまま迷って出られなくなるような気がした。枝分かれした路地の奥で何かが私を待ちうけているように思われた。雨が降り始める前は、ことさらそんな気配が漂う。

その日は荒神橋を渡って、路地を北へ向かって歩いた。喫茶店やアパートがならぶ中に、木造二階建ての店があった。古い木彫の看板には「夏尾堂」という文字がある。雲が厚く垂れ込めているために早々と町は薄暗くなり、店の明かりが夕闇に輝いていた。硝子戸から覗くと立てかけられた竹刀《しない》が見え、武道具店であることはすぐに分かった。

遠くで、巨大な車輪を転がすような雷鳴が聞こえている。

高校の制服を着た女の子が向こうから歩いてきた。

夏尾堂の前へさしかかる頃に、ばらばらと音を立てて雨が降り始めた。歩いてきた女子高生が軽くスキップするように私の方へ駆けてきた。そのままひらりと身をひるがえして武道具店の硝子戸に取りついた。短く切りそろえた黒髪が、店の明かりを受けて光るのが見えた。彼女は悲鳴を上げながら、開いた硝子戸の隙間《すきま》から店の中に滑り込んだ。

あたりを包みこんだ雨音の中で、私は傘をひらき、武道具店の前を通り過ぎた。店に駆け込んだ女の子が硝子戸に顔を寄せて、雲の様子をうかがっていた。傘の下から店内を一瞥《いちべつ》した私と目が合うと、彼女はとっさに顔をひっこめて、かすかにこちらを睨《にら》むようにした。

○

修二が初めて竹刀を握ったのは、小学校一年生の時であるという。一歳上の兄である直也と一緒に、清風館という道場に入門した。道場主で師範の武田先生と親父さんが知り合いで、親父さんが息子二人を焚《た》きつけたのである。最近は道場に入門してくる小学生も少ないが、修二らが入門した当時は大勢の小学生が通ったという。

「でも、中学生ぐらいになったら、みんなどんどんやめていった。今でも道場に顔を出すのは、俺と兄貴と秋月ぐらいだ。夏尾も中学でやめたしな」

「君と直也君はよく通ってるのか？」

「俺ら高校の剣道部が忙しいから、なかなか行けない。でもあんまり顔を出さんと、武田先生が怒る」

兄弟で剣道をやっていると、たがいに張り合う気持ちになるだろう。じっさいのところ兄と弟ではどちらが強いのかと私が尋ねると、「それは兄貴の方が強い。俺はかなわん」と修二はあっさり言った。

「君の方が大きいだろう」

「それだけで決まるもんでもないよ」

「そんなもんか」

「うん。兄貴は強い。でも昔は夏尾の方が兄貴より強かった」

修二が強いと言うぐらいだから、夏尾というのは筋骨隆々の大男だろうと思った。私がそう言うと、修二は愉快そうに笑った。

そのとき、初めて夏尾美佳《みか》の名を耳にした。

彼女は修二や直也が出入りしている武道具店の娘で、修二や直也よりも前から清風館道場へ通っていた。兄の直也と同い年で、修二からすれば一歳年上になる。小学校時代から中学の終わりまで、所属する剣道部と清風館道場の名を高めた。彼女の戦歴を語るとき、修二は我がことのように誇らしい顔をした。

しかし中学三年の夏、彼女は清風館道場を去り、中学で所属していたクラブも辞めた。唐突に、彼女は剣道との関わりを断ったのである。

○

修二の兄である直也とは、話をする機会に巡り合わなかった。学校に残って練習していたり、そうでないときは清風館道場へ行って子どもたちを相手に教えているという。物静かで、家にいるときも気配が感じられなかった。

　直也ときちんと話をするよりも前に、私は秋月という男と知り合った。

　ある日修二の部屋に入ると、いつも私が座って文庫本を読んでいる座布団《ざぶとん》に、眼鏡を掛けた細身の男があぐらをかいて、蒸すような暑さにもかかわらず、丼《どんぶり》に入ったラーメンをすすっていた。額に汗を浮かべ、麺《めん》を口からぶら下げたまま、机に向かっている修二と喋《しゃべ》っていた。

私が入って行くと、彼は几帳面《きちょうめん》に切りそろえてある前髪を揺らして頭を下げた。剽軽《ひょうきん》そうでもあり、一方で繊細そうにも見えた。

「先生、こいつが阿呆《あほ》の秋月だ」と修二が言った。

「うるせえ」と秋月が言った。彼は私へ目を向けて、「先生もたいへんですね」と哀れむように言った。「こいつに勉強教えても、やり甲斐《がい》ないでしょ。こいつ阿呆だから」

「でもお金貰《もら》ってるからね」

「それにしたって、しょうもない仕事だねえ」

「こいつ、人のこと偉そうに言えるんか」

修二が椅子《いす》を回転させて蹴《け》る真似《まね》をすると、秋月はひらりと逃げた。

「いいのか。供養《くよう》してやらんぞ」

「供養されてたまるか」

ひとしきり言い合ってから、秋月は「まだ直也は帰って来んのかよ」と大声で言いながら部屋を出て行った。遠慮もせずに大きな足音を立てて階段を下り、「おばさん、どんぶりここに置いとくわ」と、わめいているのが聞こえた。自分の家にいるかのごとく傍若無人な騒ぎ方だった。

今夕、直也と二人で清風館道場へ出かける約束をしたのだが、その直也がなかなか学校から戻って来ない。待ちくたびれた秋月は西田夫人にラーメンを作らせて、修二が宿題で四苦八苦しているとなりで、喰っていたのだという。

秋月は町内にある寺の息子である。

長い塀のわきを何度か通ったことがあったが、立派な寺だった。

彼は清風館道場の出身で、もとは高校でも修二や直也と同じ剣道部に所属していたのだが、しばしば喧嘩《けんか》をして問題を起こすために、高校の剣道部を放逐されたと聞いた。彼が清風館道場に熱心に顔を出すのも、高校で剣道ができなくなったからだという。

彼の喧嘩道楽は、中学の終わり頃から始まったものだ。校内で喧嘩をするわけではなく、街中へ出てやる。新京極などをぶらついているとすぐに絡《から》まれる。おそらく相手をつねに迎え撃つような顔つきで歩いていたんだろうと修二は言った。剣道は月並の力量だったが、喧嘩になると秋月は相手が身構える間もなく、顔に二三発拳《こぶし》を打ち込むほど手が早かった。そして相手が呻《うめ》いているうちに逃げてしまう。

「そういうのだけは上手《うま》いよ、あいつは」修二は言った。「感心する」

「そんな風には見えない」

「ま、最近はあいつも喧嘩しないけどな」

「飽きたのかね」

「まあね、色々あったしな」

修二はぼんやりと窓の外を眺めて、物思いに耽《ふけ》っているらしかった。

○

板塀に挟まれた路地を抜けていくとき、奥に何かが私を待ち受けている気配をまざまざと感じた。私がその荒れ果てた庭へ足を踏み込んでみると、やはりその気配だけが残っていた。虫以外に動くものは何もないはずなのに、風景の奥にひそんだ何かがおもむろにこちらへ向かって動きだしそうな気配がある。

草が生い茂って熱気が澱《よど》んでいた。向こうに荒れ家が見えているので、その家の庭にあたるらしいと分かった。表の街路へ出る狭い路地のほかは塀に囲まれて、外界と切り離されていた。路地の入口に表札が出ているわけでもなかったので、てっきりどこかへ抜けられるものと思っていた私は呆然《ぼうぜん》とした。

西田酒店の奥さんに話を聞いたところによると、その空き家はかつて二三軒の飲食店を経営する家族の持ち家であったが、商売上の失敗で夜逃げしたのだという。親戚《しんせき》を名乗る人間が一回様子を見に来たきりで、あとは訪れる者もなく捨て置かれている。昔から妙な噂《うわさ》の立つことが多い場所だったそうだ。空き家のはずであるのに夜中に明かりが漏れていたり、ケモノの泣くような音が聞こえるという噂が立っていると奥さんは言った。

背の低い木が生えていて、幹に止まった蟬《せみ》がうるさく鳴いている。

空き家の縁側が見えたが、雨戸は閉め切ってある。草に埋もれるようにして、小さな社《やしろ》らしきものと、井戸があった。井戸は、ただ草の生い茂る中に四角く石を組んだ囲いがあるばかりで、上に波形の板が置かれていた。

日射《ひざ》しが強いのに、かえってあたりが暗くなってゆくように思われる。木々の落とす影がいやに濃かった。何かが腐敗したような甘い匂《にお》いがして、夕立の直前に漂う匂いにも似ている。じいじいとしつこく鳴いていた蟬がふいに鳴きやんで、あたりがしんとした。

私は息を飲んだ。

いつの間に姿を現したのか、あるいは先ほどからそこに待ち受けていたのか、古井戸のわきに狐《きつね》に似たケモノがいることに気づいた。しかし胴がいやに長い。顔は丸くて狐のように尖《とが》っていない。じっとこちらを睨む眼はケモノというよりも人間めいている。

こいつか、と私は思った。

眼をそらすのがなぜか恐ろしい気がして、私は魅入られたように身動きがとれなかった。かといってその眼をじっと見つめているのも恐ろしい。時間が油のようにゆっくりと流れた。汗がこめかみから頬へと伝うのを感じた。

ふいにそのケモノは人間のような白い歯を剝《む》きだし、こちらへ飛びかかるような仕草をした。

七月になった。

梅雨の前線が居座っており、たいてい空はどこまでも曇って、切れ間がなかった。水嵩《みずかさ》の増した鴨川《かもがわ》を渡って、私は西田酒店に通った。歩きながら荒神橋から見下ろすと、泥の混じった水が滔々《とうとう》と流れていた。水面《みなも》に生まれては消える黄色い泡沫《ほうまつ》を、私はよくぼんやりと眺めた。川下にある遠くの街並はぼやぼやと煙っていた。

六月の半ばから、期末試験を目指して修二をぎゅうぎゅう締め上げてきたが、結果はともかくとして、殺伐とした追い込みはようやく終わった。

「手応《てごた》えはあったか」と私は訊《たず》ねた。

「これで駄目なら、俺はもう本当に駄目だわ」

「それだけ言えりゃ立派だよ」

「それにしても最近、先生、顔色が悪いなあ」

「梅雨は嫌いなんだ」

「今年はよう降るな。でも、いくらなんでも、もう明けるだろ」

修二は晴れ晴れとした顔になった。「やっと夏休みだな」

大学に入ってからというもの、私が過ごす時間はなんだか締まりがなくなって、この梅雨空のように曖昧《あいまい》だったが、修二にはくっきりとした時間の分け目があった。どうせ剣道に明け暮れるだけなのだが、彼は終業式の向こうにある夏休みを心待ちにしていた。

その夜、修二には適当な課題を与えておいて、久しぶりに親父《おやじ》さんと酒を酌《く》み交わした。

表では暗い中に雨が降り続いているらしかった。耳を澄ますと、窓の外に植えられているヤツデの葉にぼたぼたと滴《しずく》が落ちる音が聞こえてきた。濡《ぬ》れたヤツデが闇《やみ》の中でぬらぬらと光るのを思い浮かべた。

親父さんはいつになく静かで、あまり笑わなかった。

「もうすぐ宵山《よいやま》でしょう。行かんのですか」

ふいに親父さんが言った。

祇園《ぎおん》祭の宵山には一度友人に誘われて出かけたことがある。身動きもできないような人波しか憶《おぼ》えていない。大勢の人が押し合いへし合いしている中に閉じこめられると、息ができないような気がして、夜祭の雰囲気を味わうどころではなかった。

「いや、僕は行きませんね」

「そうですか」

親父さんは話の接《つ》ぎ穂《ほ》を失って、また黙りこんだ。私は話の腰を折ったお詫《わ》びに何か代わりの話題を出そうとしたが、なかなか勘が戻らなかった。それよりもすぐにぼんやりとして、窓外の雨音に耳を澄ましていた。

「帰るときには気をつけなさいよ」と親父さんが言った。

「なぜですか」

「最近、夜道で人を襲うやつがいるんでね。分担して夜廻りしようという話になった」

「強盗ですか」

「そんなもんじゃない。ただ不意打ちに何かで殴って逃げるんです」

親父さんがつねに似合わぬ物思いに耽って、黙しがちだったのは、その事件のことを考えていたためらしかった。親父さんは町内会の防犯部で采配《さいはい》を振るっているという話を修二に聞いたこともあった。

「気をつけますよ」

私が微笑《ほほえ》んで酒を呑《の》むと、親父さんは私を睨《にら》むようにした。

「冗談ごとじゃないからね。大怪我《おおけが》した人もいるし、本当に気をつけなさいよ。夜道で妙なヤツを見かけたら、すぐに逃げるんですよ」

○

西田酒店へ出かける時間が早くなった。修二に英語や数学を教える時間が長くなったというわけではない。西田酒店を訪れる前に、町中を探検する癖が嵩《こう》じてきたのだ。

梅雨が明けて強烈な日射しが町を照らし、真夏の風情《ふぜい》が漂った。橋を渡るときには、煌《きら》めく鴨川に足を浸して涼んでいる人々を見た。あたりはますます幻のように見えだした。路地をどこまで行ってもむっとするような熱気が詰まっていて、それをかき分けて歩いているうちに、頭がぼうっとする。

夏休みが始まっていた。

ある午後、陽炎《かげろう》の立つ路地を歩いていると、いつか道を尋ねた煙草《たばこ》屋に行き当たった。往来には強い陽が射しているので、煙草屋の中はいっそう暗く感じられた。汗を拭《ぬぐ》いながら庇《ひさし》の下に入って、私がひょいと覗《のぞ》きこんだとたん、薄暗い中で猿が泣くような声が聞こえた。がらくたの山をかき分ける音がして、何か小さいものがもんどりうつように奥へ逃げて行き、そのままひっそりとした。

「すいません」

私は声を掛けた。返事はない。

煙草屋の奥には半開きになった小さな引き戸があって、そこから板廊下が見えていた。小さな鉄製の扇風機が蒸し暑い空気をかきまわしていて、隅に置かれているテレビが点《つ》けっぱなしになっている。しばらくすると髪を束ねた若い女性が引き戸を開いて出てきた。少し用心したように私を見るので、私は頭を下げて煙草を頼んだ。彼女は「ああ、ああ、すいません」と言って煙草を出してくれた。

「どうしたんですか、誰かが」

私が奥の引き戸を指さすと、彼女は申し訳なさそうな顔をした。

「母です。この頃、何でも怖がって困るんですよ」

「驚かすつもりはなかったんですが」

「お客さんのせいじゃないですわ。もう三度目」

となりの自動販売機でコーラを買って飲んだ。喉《のど》にしみて涙が出たが、汗をかいていたのでうまかった。煙草屋の軒下で僅《わず》かな日陰に身を縮めるようにして休んでいると、煙草屋の女性はしばらくあたりを片づけてから「学生さん?」と声をかけてきた。「はい」と私は煙草に火をつけながら言った。

「このあたりに住んでるんですか」

「いいえ。そこの酒屋さんで家庭教師やってるんで」

「ああ、西田さんのところ」

それから世間話をしているうちに、例の夜ごとに人が襲われる事件の話になった。

これまでにもう五人が襲われたと彼女は言った。被害者は夜更《よふ》けに路地を歩いているところを襲われている。相手の顔は誰にも分からない。何かが自分の傍らをすり抜けるように思ったとたん、痛烈な一撃を受けて頭が真っ白になってしまう。被害者は近隣の三つの町内に分散しているので、それらの町会が協力して警戒しているという。

彼女の母親である煙草屋の婆《ばあ》さんは、夜な夜な人を襲っているものは人間ではないと言ったという。年寄りの思いこみだと言って女性は苦笑した。それでも話しているうちに彼女の顔は少し堅くなった。

「魔が通る、と言うんです」

「魔って何ですか？」

「さあ。分かりません。妖怪《ようかい》みたいなものですかね」

彼女は首をかしげ、肩をすくめた。

「夜には表を歩けないし、色々大変ですわ。とにかく年寄りや子どもが怖がって困ります」

それから彼女は声をひそめ、「母は、いま奥にいるんですけど」と言った。

「外から覗きこんだ貴方《あなた》の顔が大きなケモノみたいに見えたそうです」

「魔、ですかね」

「いやですねえ。ごめんなさいね」

彼女は顔をしかめて言った。

○

「先生、途中まで送る」

西田酒店を出ようとしていると、修二が声を掛けてきた。夜の十一時を廻っていた。その後ろから直也が下りてきた。大柄な兄弟二人が靴ひもをきっちり結んでいるのを見ていると、物々しい感じがした。

「なんだよ、仰々しい」

「いや。今日は夜廻り。親父は消防団のところにいる」

三人連れだって暗い町に出ると、夜の熱気が頬に感じられた。ときおり涼しい風が吹いたが、一日中熱せられたアスファルトはまだ冷めていない。町は夜の底に沈んでいる。表通りを抜ける車の音のほかは、我々の足音しか聞こえない。この頃の事件のせいで、町がいっそう静かになったと修二は言った。一定間隔をあけて並んでいる街灯が我々を照らした。その明かりの中で、傍らを歩いている二人を窺《うかが》うと、暢《のん》気《き》な表情を浮かべている修二に対して、兄の直也は堅い表情をしていた。

「練習はキツいか?」私は訊ねた。

「まあなあ。ときどき死ぬかと思うわ」修二は笑った。「だからなかなか道場に行けなくて、武田先生が怒ってかなわん」

「大変だなあ」

「先生も道場にいっぺん来いよ」

修二はそう言って、直也に目配せした。直也は頷《うなず》いて、「今度西瓜《すいか》大会があるから、先生もどうですか」と言った。

「西瓜大会って、なに?」

「武田先生の友達が作った西瓜を食うんだけど……」

「じゃあ、俺も行こうかなあ」

「秋月も来るし。夏尾も来るよ、たぶん。なあ」

「うん。たいていみんな来ます」

格子戸《こうしど》の中で橙色《だいだいいろ》の電燈が輝いている家の前に来た。近々ひらかれる狂言の会の日程を知らせるポスターが貼《は》ってあった。修二は西瓜について喋《しゃべ》っていたが、直也は橙色の明かりの中で微《かす》かに顔をしかめたようであった。その視線は、先の暗い町角に注がれていた。

「あれは」

直也が小さな声で言った。厳しい口調だった。

修二が黙って、我々三人は前方に目を遣《や》った。両側に民家の続く南に延びた筋は、そのまま秋月晃純《こうじゅん》の住む寺の塀に行き当たって、T字路になっている。その塀のあたりを細い人影が行ったり来たりしていた。にわかに緊張して見つめていると、修二が「なんだ」と拍子抜けしたように言った。「夏尾かあ」

我々が近づいていくまで、その人影は塀の前に立っていた。そのうち向こうでも我々に気づいたらしく、こちらに向いて動きを止めた。街灯の明かりの中に、白々とした顔が浮かび上がっていた。彼女は

「こんばんは」と兄弟に言ったあと、いぶかしげに私の方を見た。少し前に、夏尾堂の前ですれ違ったことは、覚えていないらしかった。

「これ、俺の先生」

私が頭を下げると、夏尾も頭を下げた。

「何してんの。危ないから、一人で夜は出歩くな」

直也が叱《しか》るように言った。

夏尾は「ごめん」と謝ったが、あまり気にしていないらしい。夜廻りの人たちにさし入れを持って来たんだと言って、ビニール袋を持ち上げて見せた。「それ、なに？」修二が訊ねた。

「おにぎり」彼女は言った。

寺の塀に沿って西へ少し入ったところに、消防団の小さな建物があった。

往来に面した戸は開け放してあって、明るい光が漏れていた。中から賑《にぎ》やかな話声が聞こえてきたが、酔った西田の親父さんの声がひときわ大きかった。先に覗きこんだ直也が「あれ、お前も来たの」と声を上げた。秋月が「来た来た」と賑やかに言っている。厳重な警戒というよりも、どこか楽しげな夏の行事といった雰囲気が漂っている。町内会の面々に挨拶《あいさつ》するのも面倒なので、私は表の暗がりで耳を澄ましているだけであった。

修二たちとは、そこで別れた。

「先生、じゃあ気をつけて。今度、西瓜食べよう」修二が言った。

「夏尾も来る?」

「西瓜大会？　うん、行く」

彼女は修二に向かって頷いてから、私の方を戸惑ったように見た。

○

彼らと別れて暗い町中を歩いて行った。雲の隙間《すきま》から赤い大きな月がのぞいて、まわりを取り巻いて浮かんでいる灰色の雲をくっきりと照らしだした。雲の向こう側にいる大きな生き物に見下ろされているような気持ちがした。

荒神橋には行かず、少し遠回りをした。

私は長く続くまっすぐな路地へ入った。右手は民家の煉瓦《れんが》塀で、中程にある鉄格子のついた門から中をのぞくと前栽《せんざい》の奥にある軒燈が輝いていた。左手は高等学校の高い塀になっているが、古いコンクリート塀は風雨に汚れ、何かの文様にも見える染《し》みが一杯ついている。塀の向こうに聳《そび》える校舎も暗く、廃墟《はいきょ》のように見えた。

私はぼやぼやと散らされた自分の影をひきずりながら歩いて行った。ずっと先の煉瓦塀が途切れたところに、自動販売機が数台並んでいて、弾《はじ》けるように明るい光を振り撒《ま》いている。表のシャッターを下ろした商店の前である。濡《ぬ》れて滲《にじ》んだままの貼り紙がしてあり、もう営業していない。

私はジュースを一缶買った。

缶が吐き出される音がすると、あたりの静けさがいっそう深まるように思われる。煉瓦塀とコンクリート塀に挟まれたまっすぐな路地は、煙草屋の女性が言っていた「魔」というものが、駆け抜けるにふさわしい場所であろう。

ジュースを飲みながら高等学校の塀を眺めていると、その長い塀の上を、狐《きつね》のようなケモノの影がするすると駆けた。

○

清風館道場は、御霊《ごりよう》神社に近い。左隣は銭湯、右には民家が続いている。私が訪れたのは夕刻だったので、痩《や》せた老人が一人、道具類の入った洗面器をわきに抱えて銭湯の暖簾《のれん》をくぐるのが見えた。道に面した道場の引き戸は開いていて、子どもたちの声が響いている。引き戸の傍らの壁に、「剣士募集」の貼り紙がしてあった。

道場は年季の入った木造である。開いた引き戸から中に入ると、三和土《たたき》一杯に小さな靴が散らかっている。それを越えるとすぐに板張りの床である。私が中を眺めていると、すぐに修二が歩み寄ってきた。「掃除が終わったら西瓜食うから」と修二は言った。紺色の剣道着がよく似合っていた。

奥に立っている直也が「よーし」と声を掛けると、十人ほどの小学生が横並びになって、一斉に雑巾《ぞうきん》がけを始めた。げらげら笑いながら、まるで競走しているようにこちらへ向かってくる。私の足もとへ到達すると、くるりと向こうを向いて、また雑巾をかけてゆく。紺色の袴《はかま》に包まれた尻《しり》がくりくりと動いて走って行く光景は微笑《ほほえ》ましかった。

「賑やかだなあ」と私が言うと、「昔はもっと賑やかだった」と修二は言った。

「中学生はいないのか」

「何人かいるけど、今日は来てない」

雑巾をかけ終わった子どもたちは、雑巾を振り廻したりして遊び出す。

私は靴を持ち、修二に案内されて道場のわきにある扉から一旦《いったん》外へ出た。細い路地を抜けて道場の裏手へ行った。

そこはコンクリート塀に囲まれた狭い空き地で、草の匂《にお》いがした。汚れた物干しには白地に紺の模様が入った手拭《てぬぐ》いがたくさんぶら下がっている。石で固められた古い井戸があり、その傍らに背の低い頑丈そうな中年の男と夏尾が立っていた。彼らの足もとには水を溜《た》めた大きな盥《たらい》があって、三つの西瓜が浸っているのが涼しげだった。夏尾が蚊に刺された腕を掻《か》きながら私を見た。

「どうも、おじゃまします」

私が頭を下げると、その中年男は無言のまま、分厚い胸をわずかに倒した。

武田先生は、西田の親父《おやじ》さんと背格好が良く似ていた。眉《まゆ》が太く、くっきりとした顔立ちも似ていたが、親父さんと違って武田先生は整いすぎていると言っても良いほどの美男であった。そして綺麗《きれい》な禿頭《とくとう》だった。

「井戸があるんですね」

私は言った。「今も使ってらっしゃるんですか?」

「井戸は毎日使わないと、駄目になるからね」

武田先生は言った。それっきり黙り込んでしまって何も言わない。

私の方を見もしなかった。

「そろそろ、やろう」

直也が道場から出てきて言った。

道場の前の道路に折りたたみ式の机を出して、その上で夏尾と直也が西瓜を切った。彼らが切ってゆくそばから、形もまちまちな切れを子どもたちが取る。めいめい立ったり座ったりして、賑やかな音をさせて食べだした。

「ほら」と言い、修二が大きな一切れを渡してくれた。

さほど甘くなかったが、暑さに喉《のど》が渇いていたので、その汁気をごくごく飲み干すようにして食べた。西瓜の水っぽい匂いを嗅《か》ぎながら空を見上げると、民家の青い瓦屋根《かわらやね》の向こうに、夕焼け色に染まった入道雲が天を突くように盛り上がっている。なんだか自分が夏休みを過ごす小さな子どもになったような気がした。

修二のそばには、子どもたちがいつも集まっていた。子どもたちは直也や武田先生や夏尾にはあまりまとわりつかないが、修二だけには遠慮なく甘えているようだった。

やがて秋月が自転車で到着すると、子どもたちの騒ぎはいっそう大きくなった。

秋月は自転車を道場の前に立てかけるなり、西瓜にむしゃぶりついた。豆剣士たちが秋月の方へ集まっていくと、秋月は弾丸のように口から種を飛ばして、きゃあきゃあ騒ぐ子どもたちを追い廻す。やがて一人の少年の襟首を捕まえて襟元から種を滑り込ませた。少年が「ぎょええ」と叫んだ。武田先生や直也と一緒にいた夏尾が秋月へ向かっていき、「いいかげんにしなさいよ」と叫んだが、種を吐きかけられて退散していた。

「阿呆《あほ》なやっちゃ」と修二が呟《つぶや》いた。

夕闇《ゆうやみ》が迫る路地は、祭の夜のように賑やかであった。近所の人たちも事情を飲み込んでいるらしく、犬の散歩や買い物帰りらしい人々がふと足を止めて、武田先生と談笑しているのが見えた。

「子どもたちには大人気じゃないか」私は修二に言った。

「どうかな」修二は苦笑した。「まあ、あいつらが入って来た頃からずっと見てるしな」

「修二もあんなに小さかったんだなぁ」

私が子どもたちを眺めながら言うと、修二は西瓜を囓《かじ》りながら頷いた。

「小さかった。兄貴も秋月も、夏尾も、みんな小さかった」

○

あたりが薄暗くなって、子どもたちも散り散りに帰路についた。高校生たちと武田先生と私だけが残った。そろそろ帰ろうかと思っていると、秋月と直也が試合をすると言いだした。

私は道場の壁際《かべぎわ》であぐらをかき、防具をつける直也と秋月を眺めていた。私の傍らでは夏尾と修二がぽそぽそと喋っていたが、何を言っているのか分からなかった。武田師範が蛍光灯を点《つ》けると、道場の中はかえって白々とした寂しい感じになった。

試合が始まると、秋月が怪鳥《けちょう》のような声を上げるので驚いた。直也の方は低い、下からすくいあげるような声を上げた。どちらかが打ち込むたびに、どどんと床板が震えて、隅に座っている私の身体《からだ》をゆすぶった。間もなく秋月が劣勢であることが私にも分かってきた。どれだけ打ち合っても堂々とかまえている直也と比べると、秋月はだんだん姿勢が崩れていくようである。

秋月が直也の方へ飛び込んで、二人がもつれあったと思った刹那《せつな》、直也が飛び退《の》くようにして竹刀《しない》を振るった。「いいぃええい」という直也の声がして、武田師範が直也側に小さく手を挙げた。秋月がくるりと後ろを向いて、だらりと手を下げた。

「今、決まったのか」

私は傍らの修二に小声で訊《たず》ねた。

「うん」

ふたたび試合が再開されたが、直也の身体が軽くなっていくように見えるのに、秋月は何か重しをつけられているようであった。秋月が直也に面を打ち込んだが、武田師範は手を挙げなかった。「ええええん」と長く尾を引いてこだまする秋月の声が空《むな》しく聞こえた。秋月は竹刀をかまえ直し、首をねじってみせた。

「秋月は悪い癖がいっぱいある」

修二が言った。「昔から先生の言うこと聞かなかったから」

「よけいなものが身体にくっついたら、どうしようもない」

夏尾が呟《つぶや》いた。

その時、どどんと大きく床が揺れて、直也の掠《かす》れた声が響いた。

直也が面を打ち込んで、試合は終わった。

○

八月になって、しばらく平穏な夜が続いた。ゆるみがちになる警戒を、西田の親父さんが先頭に立って引き締めていたと聞く。そんな矢先、事件が起こった。

丸太町にある店に集まって麻雀《マージャン》をしていた数人の男たちが、ぶらぶらと帰ってくる途上、怪しい人影を見つけた。ひょろひょろした若い男で、手には長い棒のようなものを持っていた。酔っていたこともあり、男たちは通り魔だと思って頭に血がのぼった。そのまま全員で襲いかかって、街灯の届かない暗がりから引きずり出してみれば、その怪しい若者は秋月だった。

ひとまず消防団のところまで連れて行ったが、秋月は「ただ夜廻りをしていただけだ」と主張した。手にしていたのは竹刀で、いざ通り魔に襲われた場合に身を守るために持っていたのだと言う。とりあえず彼を引きずってきたものの、顔馴染《なじ》みであるし、あまり厳しく問いつめるのも気がひけた男たちは処置に困って、町会長や西田の親父さん、秋月の父親である住職の到着を待った。

おっとり刀で駆けつけた彼らにも、秋月は濡《ぬ》れ衣《ぎぬ》だと言った。

やがて、落ち着いた顔をした直也が詰め所へ入ってきた。直也も竹刀を持っていた。そこで直也が説明して、秋月にかけられた疑いを晴らした。夜廻りがだんだん手薄になるようなので、自分と秋月で犯人を捕まえようと考えたのだと彼は言った。その晩は、勝手なことをしてはいけないとお叱《しか》りを受けただけで済み、秋月の嫌疑はいったん晴れた。

秋月が疑いをかけられたという話は町内に伝わった。

しかし人から人へと伝わるうちに、いったんは晴れたはずの嫌疑をふたたび呼び戻すような口振りに変わっていたらしい。「親父も秋月を信用してない」と修二が言った。秋月は当分、境内から外へ出ないように住職から言われ、日がな一日、本堂の濡れ縁にあぐらをかいて腐っているという話であった。

○

風が雨を揺らして、窓外に聞こえる雨音が遠くなったり近くなったりしていた。雨脚が弱まったかと思えば、また強くなった。網戸越しに生ぬるい風が吹きこんできた。

秋月が境内から踏み出せない軟禁状態になってから、一週間が経《た》っていた。その間に被害者は出ていなかった。

私は窓の外を見た。路地の向かいに建つ民家の瓦屋根が陰気に見えた。空は一面の灰色で、雲の果てはなかった。私は雨で湿った本堂にあぐらをかいている秋月の姿を思い描いた。修二たちが秋月のことを心配していても、渦中《かちゅう》の人たる秋月は案外平気な顔で欠伸《あくび》をして、饅《まん》頭《じゅう》でも頬張っているのではないかという気がした。

「休憩するか」

私が言うと、修二は唸《うな》った。

我々は並んで壁に凭《もた》れて座り、ポン菓子を食べて、茶を飲んだ。しばらく二人で黙然としていた。「なんで兄貴は俺も誘ってくれなかったんだろ」と修二は言った。「そんなら秋月と一緒にいて、疑われないようにしてやったのに」

「なぜみんな秋月君を疑うんだ？　直也がちゃんと説明したんじゃないのか」

「まあ、秋月も疑われてしょうがないようなところがあるからな」

「喧嘩《けんか》のことか？」

「それもあるけど」

修二は話すか話すまいか、考えているらしかった。私も敢《あ》えて促そうとはしなかった。ざあざあという雨の音、階下で親父さんが客と話す声が聞こえた。やがて修二は口を開いて、秋月が剣道部を辞めた経緯について説明した。

修二が高校へ入学する以前のことである。

直也や修二が属している剣道部には、かつて、たちの悪い上級生が幾人かいて、ことあるごとに面倒を起こしていた。一年生として入部した秋月や直也たちも、その上級生たちにはずいぶんひどい目にあわされたらしい。直也は物静かではあるがいざとなると真っ向から立ち向かう男だし、秋月もおとなしく黙っているような性格ではないので、剣道部内はいざこざが頻発し、練習どころではなくなった。挙げ句、直也は協力的な部員たちと示し合わせて、問題の上級生たちを退部させようとした。

もちろん上級生たちも黙ってはおらず、直也を脅して黙らせようと企《たくら》んだ。直也が夜道で襲われたのはそのためだ。その襲撃で直也は怪《け》我《が》をして、しばらく剣道ができなくなった。秋月は一人でその報復をしたのだという。彼は上級生たちが夜道で一人になる時を狙《ねら》いすまし、順番に襲って痛めつけた。たしかにその手口は通り魔のようであった。

「あんなことしたから剣道部にもいられなくなったし、こんな風に疑われるんだ」

「退部させられた先輩たちは、大人しく引っ込んだのか？」

「先輩たちが退部してから、秋月は夜道で襲われた。めちゃくちゃにやられた」

「そうなるよな」

「秋月は誰にやられたのか、絶対言わなかった。あのときから秋月はちょっと変わったよ。喧嘩もしなくなった」

そして修二は問題集に向かった。

家庭教師を終わって部屋を出ると、下から夏尾が上がってきた。少し乱れた髪に水滴を散らしている。私を見つけて一瞬、眉をひそめるようにしたが、すぐに微笑《ほほえ》みを浮かべた。

「修二、勉強できてますか」彼女は言った。

「前途多難だな」

私は彼女の眼を見つめながら言った。

彼女は直也の部屋へ入った。引き戸を内側から閉めるときに、その隙間《すきま》から彼女の眼が覗《のぞ》いた。射すくめられたような気がした。

○

濡れ衣に巻かれて本堂に押し込められている秋月の身辺を賑《にぎ》やかにするため、修二が提案して花火をした。本堂の濡れ縁で火を使うわけにはいかないので、寺の門前に幼馴染みたちが集まり、路上で虹色《にじいろ》の火花を散らした。路地一杯に火薬の匂《にお》いと白煙が満ちて、たくさんの光が点いては消えたろうと私はその風景を想像した。

修二に誘われたので、私も出かけることになっていた。しかし宵闇が近づくにつれて、だんだん気分が鬱《うつ》してきて、荒神橋を渡る気になれなかった。電話をかけて「用事ができた」と誘いを断った。そのくせどこへ出かける気にもならなくて、だんだん暗くなってゆく部屋の中で、じっとしていた。

すっかり日も暮れてしまってから、ベランダへ出て、夜風に吹かれながら外を眺めた。大学の薬学部校舎の明かりが煌々《こうこう》と漏れていた。眼下の近衛《このえ》通には時折車が通るが、人通りは少なくて静かだった。手すりから身を乗り出して鴨川の方を向いても、街の明かりがちらちら見えるばかりである。

私は寺の門前で花火を楽しむ四人の高校生の姿を思い描いた。火薬の匂いを鼻先に感じるような気がした。修二は子どものような顔で次々と変化する光を眺めているだろう。直也はちゃんと火の始末が出来ているかどうか、路上を気にしている。秋月はこれが友人たちの自分に対する気遣いだということを分かっているのかいないのか、小馬《こば》鹿《か》にするような笑みを浮かべて突っ立っている。夏尾の姿は煙の向こうにある。

彼女が私に気づいて眉《まゆ》をひそめる様子を、私は思い描いた。

○

西田酒店へ出かける前に出町商店街の方へ足を伸ばした。商店街は夕食の買い出しをする客で賑わっていた。小腹が空いたので、蛸焼《たこや》きを買って西田酒店まで歩いた。日は暮れつつあるが、暑さは一向にやわらぐ気配がなかった。ちょうど酒店の前までやってきたときに携帯電話へ修二から電話があって、用事で出ているので少し時間を遅らせて欲しいと言われた。

店の硝子戸《ガラスど》を開くとクーラーがかかっていて涼しかった。上がり框《かまち》に腰掛けた親父《おやじ》さんがばたばたと団扇《うちわ》を使いながら、「あっっついねえ」と心底うんざりした声で言った。奥さんの姿は見えなかった。

「まだ修二は帰ってませんよ。あいつ、けしからんやっちゃ」

「いえ、電話がありましたから。蛸焼き食べて待ちます」

「このくそ暑いのに、ようそんなもの食べるねえ」

私は二階へ上がった。閉め切ってあった修二の部屋は、ムッと熱気を溜《た》め込んでいた。窓を開けはなしたが、風が少しも入って来ない。

「先生、麦茶いりませんか」

直也が冷えた麦茶の入った瓶と硝子コップを持って入ってきた。麦茶のお返しに、私は熱い蛸焼きを奢《おご》った。直也は私の向かいにあぐらをかいて、額に汗の玉を浮かべて蛸焼きを頬張った。ふだんは修二と対照的な人間として眺めていたが、そうやって背を丸めて熱い小麦粉の玉を持て余している様子を見ると、やはり兄弟だなと思った。

直也と二人きりで話をするのは初めてである。話をするときに、直也は相手の眼をまっすぐ見つめる。それが彼を大人びて見せた。

「秋月君はまだ閉じこめられてるのか？」

「べつに外へ出たっていいんですけど、あいつも意地を張るから」

「修二から聞いたよ、昔のこと。クーデターの話とか」

「そんな大げさな」と直也は苦笑した。

「でもけっこう面倒だったんだろ」

「まあ。先輩たちが色々と言ったんで」

「秋月君が派手に暴れたらしいね」

「放っておけばよかったんですよ。まともに相手にするから、よけい面倒なことになったんです。そういうところは小学生みたいなんですよ、あいつは」

汗が背中を伝うのが、まるで虫が這《は》っているようで気持ちが悪い。蛸焼きを頬張っていない直也は、もとの怜悧《れいり》な顔に戻っている。汗が額に浮かんでいるのが見えるのに平然としているのは、剣道で暑さに慣れているせいかもしれない。

「修二が、君は強いって言ったよ。自分はかなわんって」

「あいつだって下手じゃないですよ」

「なぜ君は強いんだろう？」

「分かりませんよ。反射みたいなもんです。それだけですよ」

「それが気持ちいいんだろ」

直也は首をかしげた。

「何かが自分の身体《からだ》を動かしているのを、斜め後ろから見ているような気分、分かります？」

「なんだか妙な言い方するな。君は剣道が好きじゃないのか？」

「分かりません」

階下でどすんどすんと歩き廻る音と、親父さんが大声を出しているのが聞こえてきた。修二が帰って来たらしい。

その騒ぎに耳を澄ますようにしながら、直也は言った。

「僕、よく思い出すんです。修二は小学生の頃は泣いてばかりいましたよ。負けるのが悔しかったんです。今でもあいつ、そのまんまですよ」

「分かるな」

「それが僕には羨《うらや》ましいときもあります。なんだか、子どもの頃とは全然違うやり方で剣道をしてるのが嫌になるときがあります」

「そういうのを、成長したと言うんじゃないの？」

直也は索漠とした微笑を浮かべた。

「こんなの、成長したとは思わんけど」

どすんどすんという足音が階段を駆け上ってきて、家を揺らした。

直也が空になった麦茶の瓶を持って立ち上がると、ドアが開いて修二が入ってきた。

「なんだなんだ。あっついのう」

彼は私と直也を睨《にら》みながら呻《うめ》いた。

○

その日は親父さんと酒を呑《の》んで、風呂《ふろ》も頂いて、帰路についたのは深夜近くであった。西田酒店を出るとき、うたた寝していた親父さんが起き出してきて、「気をつけなさいよ」と言った。

帰途、高等学校の長い塀に沿って歩いた。街灯の少ない、薄暗い道である。壁にある色々な染《し》みが気になった。一人で黙々と歩いていると、なんだかその黒い染みの一つが動き出したような気がする。風がかすかに吹いて塀の向こう側にある黒々とした木の葉をざわつかせ、何かが枝を走った。遠くに自動販売機の明かりが煌《きら》めいている。

向こうに棒のような人影が見えて、だんだんこちらに近づいてきた。私にははっきりとそれが夏尾であることが分かったが、向こうはこちらの姿が見えないようにまっすぐに前を向いていた。まるで人形のようであった。

「夏尾さん」

私が声を掛けると、彼女はぎょっとしたようにこちらを見た。

「先生」

「こんなところ、一人で歩いてると危ないよ」

「ちょっと用事があって……」

「家まで送ろうか？」

「いえ。大丈夫ですから」

彼女はそう言って私のとなりをすり抜けて歩いていく。どこか謎《なぞ》めいた目的地を目指して一心不乱に歩いているように見えた。

自動販売機で缶珈琲《コーヒー》を買って顔を上げると、荒涼としたトンネルのような路地に、彼女の姿はなかった。空の彼方《かなた》から微《かす》かな雷鳴が聞こえている。じきに光りだすだろう。早めに帰った方がいいと思いながら、私は路地の奥を見つめて動かなかった。

やがてその路地の奥から、細長いケモノが彼女の歩いた後を逆に辿《たど》るようにして駆けてきた。私から五メートルほど離れた街灯の下に、ケモノはうずくまり、首だけをこちらへ伸ばした。そうして、白々とした蛍光灯の下で、音を立てずに笑った。

私は缶を投げ捨てて、足を踏みだした。

○

午前中に降っていた雨はいったん上がって、空気はひやりとしていた。

荒神橋を渡り、河原町通で信号待ちをしているあたりで、顔を撫《な》でるような小糠雨《こぬかあめ》になった。傘は持っていたが、涼しくて気持ちが良いのでささずに歩いた。常日頃その界隈《かいわい》を歩き廻っていながら、秋月の寺には入ったことがなかったので、立ち寄ってみることにした。

門をくぐると、正面奥にある本堂まで石畳が延び、左手には寺務所兼住居がある。墓地は本堂の右手奥にあって、塀に囲われている。立派な楠《くすのき》がそびえて、森のように鬱蒼《うっそう》とした枝を広げていた。雨がその広い葉に当たって、さあさあとかすかな音が降っている。境内に人影はない。

本堂の右手に廻ると、縁に足を投げ出して座っている秋月の姿が見えた。彼は私の姿に気づくと、アイスを口にくわえたまま、「おや」と眉を動かした。

私は靴を脱いで縁板に手をかけ、勢いをつけて上がった。縁板は雨のために湿気《しけ》っていた。古びた木の匂いが漂っている。秋月は短パンにTシャツという姿で、縁板から垂らした足をぶらぶらさせている。瀬戸物の容器に入れた蚊取り線香からうっすらと煙が立ち上っていて、傍らに文庫本と茶色の饅頭《まんじゅう》を盛った皿が置いてあった。

「盆でお寺は忙しいんじゃないの」

「本当は俺も手伝うはずでしたけど、もうナシ」

「あの事件のせいか？」

「まあね」

「夜廻りはまだしてるらしいな」

「夜廻りするんなら、早く犯人を捕まえて欲しいよ」

彼は縁板に両手をつき、肩に頭を埋もれさせるようにして、境内に細かく散る雨を眺めていた。さらさらした細い髪が眼鏡の上に無造作に垂れている。私もならんで境内を眺めた。塀の向こう側には雨に濡《ぬ》れた街並みと御苑《ぎょえん》の森がのぞいていた。

「色々言われるのは、べつにかまわんけど」

秋月は言った。「剣道を引き合いに出されるのは嫌だね。武田先生にも悪いし。剣道をやるのと、棒で人を殴るってことは全然べつだからな」

「君は剣道が好きかい？」

私が言うと、秋月は頷《うなず》いた。

「直也君に同じことを訊《き》いたら、そうでもないと言ってた」

「あいつはまた俺とは違うよ」

「そんなに好きだったのに、君は剣道部はやめたんだろ」

私が言うと、秋月はいぶかしげに私を見た。

「何だよ。えらく首をつっこむなあ」

秋月はしばらく饅頭を口にくわえたまま、冷たい目つきで私を見ていたが、やがてニヤニヤと笑みを浮かべた。「ま、かまわんけど。どうせあいつらが喋《しゃべ》ったんでしょ」

「クーデターの話、聞いたよ」

「ああ、あれね。気に喰わん先輩三人を叩《たた》き出したこと、あったね」

「叩き出したのか」

「直也もけっこうきついからね。あんなに露骨にやれば、そりゃ先輩たちに恨まれるって」

「でも君も、その先輩たちとは仲が悪かったんだろう」

秋月は首をかしげた。「俺はどうでも良かったなあ」と呟《つぶや》いた。

「そりゃあ、ずいぶん酷《ひど》い目にもあったけどね。なんであんなこと我慢してたんかなって今じゃ思うけど。まあ、そういう空気があったんでしょうね」

「それなのに、恨みはなかったのか」

「まあ、なかった」

「じゃあ、なぜ大人しくしてなかったんだ？　そのまま剣道部に残れたのに」

「さあ、なぜでしょ」

秋月はへらへら笑いながら、私の質問をはぐらかした。その一方で、眼鏡の奥から私を見ている眼は少しも笑っていなかった。

「君が直也君のために、復讐《ふくしゅう》したのかと思ってたけど」と私は呟いてみた。

「俺がそんなことするか」

秋月はせせら笑った。「センセイはまだ人を見る眼がないな」

「それはそうかもしれない」

「まあでも、俺はもう、何だかどうでも良くなっちゃった。去年色々あったし」

「先輩たちにめちゃくちゃにやられたんだろ」

秋月は私を見て、頬を歪《ゆが》めて笑った。「まあ、そうです」

「なんだよ」

「そういうことにしときましょうよ」

彼は煙草《たばこ》を取り出した。「どう？」とさし出すので、「こんなところで吸ったら駄目だろう」と私は本堂を見廻した。「これだけ湿気ってたら、燃えないでしょ」と秋月は言って、煙草をくわえて火をつけた。

彼は小糠雨の中へ煙を散らした。

何を言えば良いのか分からない。私は黙りこんだまま、秋月が煙草を吸う隣で座っていた。早く西田酒店へ行ってしまおうと思ったが、ここでそそくさと立つのもかえって腹立たしい気がして、動くことができない。私は妙な意地を張って、境内に降る雨を眺めていた。

「センセイはケモノの匂《にお》いがする」

秋月がふいに呟いたので、私はひやりとした。

「昔、夏尾からその匂いがしてたんですよ。あいつがまだ道場に通っていた頃です。俺はその匂いが好きだった。だから、夏尾からその匂いがしなくなったときは淋《さみ》しかったな」

彼は言った。そうして、煙草の煙を吐き出しながら、私を見た。どんよりと垂れ込めた雲から来る弱い光が眼鏡に反射している。彼はまるで私を値踏みするかのように見ている。

「センセイだって同じだね」

「何が」

「俺には分かるな。センセイは、あの頃の夏尾と同じ匂いがする」

我々はしばらく黙って睨み合った。そうしているうちに秋月の煙草はフィルターまで燃え尽き、彼は蚊取り線香の受け皿にそれを捨てた。

「さ、センセイ。そろそろ行った方がいいですよ」

彼は静かに言った。私は頷いた。

「もうすぐ直也と夏尾が来る」

「遊びに来るのか」

「本堂で打ち合うんです」

「なぜ道場でやらないの」

「夏尾は道場に戻りたくないからですよ。夏尾はもう直也としか、打ち合いません」

私は縁板から靴の上に下りた。座っていた尻《しり》が湿ってひんやりとした。雨が勢いを増してきたので、鞄《かばん》から折りたたみ傘を出した。秋月は縁板に立ち上がって私の仕草を見張るようにしている。

「センセイ、こんなやつを見たことない？」

ふいに秋月は言って、両手を水平に動かし、長い筒のようなものを描く。

「あれはなんだろうね。すごく長くて、するする走って、空き地を出たり入ったりする」

「なんだろうね」

しばらく我々は睨み合ったが、やがて秋月は「まあいいや」と言った。

私は寺を後にした。

○

今年は祇園《ぎおん》祭から送り火までの時の流れが、これまでに京都で過ごしたどの年よりも早いように感じられた。一日一日を刻んでいるという感覚がなかった。

振り返れば、あっという間に過ぎ去った索漠とした時間の中に、まるで小さな島のように幾つかの場面が浮かんでいた。夕闇《ゆうやみ》の中で輝く西田酒店であり、背を曲げて机に向かう修二の姿、蛸焼《たこや》きを頬張る直也の姿、路上で西瓜《すいか》にむらがる子どもたち、湿気った縁板にだらしなく座る秋月、夏尾の眼、そして魔が通り抜ける夜の街路である。

その夕刻、ふらりと外へ出た。とくに送り火を見るというつもりもなかった。街を散歩して食事をしようと思っていた。街で行き交う人々の中に、時折、浴衣《ゆかた》を着た女性が混じっていた。まだ空気は蒸し暑く、九月まで夏は続くのに、送り火が来るともう夏が終わりつつあるように感じられる。

夏尾堂の前を通り掛かった。きちんと見たことがなかったので覗《のぞ》いてみた。電球の明かりが店の中を黄色っぽくしている。間口の狭い奥行きの深い店で、竹刀《しない》を作るらしい細い竹の板がいっぱい立ててあるのや、防具類や、壁に剣道着がぶら下がっているのが見えた。

店の奥に人影が見えたので歩き去ろうとすると、その人影が表の硝子戸《ガラスど》の方へ走ってきた。

「こんにちは」

硝子戸を開けた夏尾が言った。私は軽く頭を下げた。

頭を下げた彼女の髪が揺れた。

「先生はお出かけですか」

「うん。晩飯を食べに行くんだ」

「送り火は見ないんですか」

「さあ。見るかもしれない」

「あんまり夜遅くまで出歩いちゃだめですよ」

私は頷くと「それじゃ」と夏尾堂を後にした。背後で、彼女が私の方を見ているだろうと思った。その眼を見返したくも思ったが、私は振り返らなかった。

出町柳《でまちやなぎ》駅近辺はたくさんの人出で、駅前には夜店も出ている。交通整理する警察の明かりも見える。大勢の人が送り火を見ようと待ちかまえているらしい。夕食をとった後、すっかり暗くなった高野川の東の土手を北へ歩いた。川は黒々としていた。御《み》蔭《かげ》橋《ばし》のあたりも黒山の人だかりになっていたので、大勢の人に交じって私は東を見上げた。建物の隙間《すきま》から大文字山がのぞいて、紅《あか》い電光のように頼りない火が黒々とした斜面に浮かんでいた。

ふと視線を感じたので、横を見ると、人混みの向こうに直也が立ってこちらを見ていた。私が手を上げると、直也は笑って近づいてきた。なんとなく見張られていたような気がした。

「こんばんは」と直也は言った。

「見物？」

「夏尾と一緒に来たけど、はぐれました」

私は彼と一緒に人混みを抜け、土手に座って休憩した。ふだんは静かな川沿いは賀茂川と高野川の合流地点までがやがやとしているが、いずれ静かになるだろう。

「夏尾と俺が寺で剣道やってること、秋月から聞きました？」

「ああ」

「修二には黙っといて下さい。ひがむから」

それから直也は「ちょっと待ってて」と言い、土手を駆けていき、やがて自動販売機で買ったジュースを持ってきた。金を払おうとすると、「いいです、親父《おやじ》からもらったから」と言った。

私の傍らから直也は高野川を覗き込んだ。

「水が暗いですね」

「ああ。浅い川だけどね」

「昔ね、ケモノを縛って川へ沈めたことがあるんですよ」

「なんでそんなことを？」

「夏尾は小学生の頃から妙なケモノを内緒で飼っていたんです。あいつ一人でぷらぷら出歩くのが好きだから、そうやって歩いていたときに魅入られたんでしょうね。こっそり餌《えさ》をやったりして、そのうち家の廻りをうろつくようになって、夏尾にくっついて離れなくなった」

「犬とか猫かい？」

「さあ、あれは何というケモノなのかな。僕には分かりません」

直也は暗い水へ小石を放り投げた。

「とにかく、気味の悪いやつでしたよ。道場へ行くのも、学校へ行くのも、どこまでもついてきてね。夏尾が中学三年になるまで、ずっとです。夏尾は才能があったから上手《うま》く扱っていたけれども、いずれ手に負えなくなるのは、僕たちもあいつ自身も分かってました。でも、そのケモノは、夏尾が子どもの頃から四六時中一緒にいるやつだし、夏尾にとっては三本目の腕です。とても夏尾には殺せません。だから、僕と秋月が殺すことに決めたんです」

送り火の見物客たちが立ち去って、あたりは静かになってきた。私は息を詰めるようにして、直也の話に耳を傾けていた。彼は缶ジュースを飲んだ。

「雷雨の夜でした。そのケモノは夏尾が寝ると、いつも布団《ふとん》の中へもぐってきて眠る。そこを僕たちが捕まえたんです。それで縛って、重しをつけて、この土手で川に沈めた。雨がひどくて、水嵩《みずかさ》も増していたし、きっと死んだろうと思いました。そうして僕らは夏尾の家まで引き返したんです」

「死んでなかったんだな」

「夏尾に全部終わったと言ってから、僕と秋月は別れました。その後、秋月はもう一度ここへ引き返してきて、ケモノを引き上げたんです」

「なぜそんなことをした？」

「なぜでしょうね。あいつは教えてくれないし、僕には分かりません。でも秋月なんかの手に負える相手じゃなかった。あれは夏尾だから扱えたんです」

「そうだろうな」

私はなんだか分かっているような返事をした。

「だから夏尾は、自分一人であいつを殺そうとしました。だけど、もう少しのところで逃がした。その頃、僕は剣道部の揉《も》め事で怪我《けが》をしてたから手伝えなかったんです。でも、次こそは」

土手を夏尾が歩いてくるのが見えた。彼女は私と直也が座っているのを見つけて、にっこりと笑い、大きく手を振った。

「そのケモノは、まだ町をうろついてるんですよ、先生」

直也は夏尾へ手を振り返しながら言った。その口調は冷たく暗かった。

○

深夜になって、修二から電話があった。

「先生、寝てたか？」と彼は言った。「今、下宿？」

「うん。でも起きてたよ」

「親父がやられた」

「なに」

「例の通り魔」

修二はそう言ってから慌《あわ》てて付け加えた。

「大した怪我じゃあない。ちょっと腕をかすめただけで、すぐに相手は逃げた。親父は追いかけたと言ってるけど、どうなんかな。結局逃がしちゃったしな」

「ともかく、大した怪我がなくて良かった」

「うん」

修二はしばらく電話の向こうで黙り込んだ。「どうした？」と訊《たず》ねると、ううむと犬のように唸《うな》った。

「魔物みたいだったって、親父が言ってたよ。追いかけたけど、まるで影が滑るみたいに逃げていって、それで消えたらしい。すぐに大勢見廻りに出たけど、どこに行ったか分からんかった。気味悪いよ」

「そうか」

「ま、そんだけ。親父は心配いらない。それじゃ」

「うん」

私は携帯電話を切った。

修二の声が聞こえなくなると、耳元を飛び交う虫の羽音が急に大きく感じられた。

板の割れ目から月の光がうっすらと射《さ》しているが、そこから離れれば闇ばかりである。何かが腐った匂いと、土の匂いが混じり合っている。汗に濡《ぬ》れた手を伸ばしてみても、自分の動きに実感がない。

私は闇から一歩踏み出した。

その廃屋の中に籠《こ》もっていた闇が私の身体に染《し》みついて、自分が月明かりの中に伸びる細く黒々とした影になっているような気がした。

空き地はがらんとしている。私は息を殺して歩いていく。

月の光が照らす草むらの中を、胴の長いケモノが私を先導するように走っていって、立ち止まった。長い首を曲げてこちらを向き、「おい」と言った。

○

最後の家庭教師に出かけた。

夕方に眼を覚ましてマンションから歩き出すと、空はぼんやりと曇っていた。生ぬるい風が近衛通を吹き抜けていて、西の空が赤紫色に染まっている。道行く人々の姿は、立ち上がった影が歩いているように思われた。荒神橋の上から南を眺めると、鴨川の両側に煌《きら》めく街の明かりがいつもよりも儚《はかな》い感じがする。私は駄菓子屋に立ち寄って、修二の好物であるボーロを買った。

店は閉まっていて、私は玄関から入った。茶の間では親父さんがぼんやりと包帯を巻いた腕をさすりながらテレビを眺めていた。「こんばんは」と私が声をかけると、親父さんはびっくりしたように振り返って私を見た。

「おお、御苦労さん」

親父さんは言った。それから少し私の顔をまじまじと見た。

「腕は大丈夫ですか」

「え？」

私が自分の腕を叩《たた》いてみせると、親父さんはようやく意味を呑《の》み込んだ。「ああ大丈夫。これぐらい」と言って腕を上げてみせた。

その時、玄関が開いて「こんばんわあ」と大きな声を出して秋月が入ってきた。

「寺から出ていいのか？」

私が訊ねると、秋月は阿呆《あほ》らしいというような顔をした。

「どっちみち出ても良かったんですけど。意地張ってただけです」

「で、もう意地を張るのは終わりか」

「まあ、疑いもほとんど晴れたし」

そう言って秋月は階段を指して先に上がれという仕草をした。

二階に上がると秋月は修二の部屋を覗いて、くすくす笑った。それから私に目配せすると、直也の部屋へ入っていった。直也の部屋の中からは夏尾の声も聞こえてきた。皆が集まっているらしい。

修二の部屋に入ると、彼は畳に大の字になって鼾《いびき》をかいていた。軽く蹴飛《けと》ばしてやると「うむっ」と呻《うめ》き声を上げて身を起こした。汗をかいて不愉快そうである。

何となく締まらない夜で、私も彼も集中できないような気がした。彼はぐりぐりと髪をいじっているし、私は本を読む気も湧《わ》かなかった。

私が「休憩しよう」と呟《つぶや》くと、彼はほうっと熱い息を吐いた。修二は私のとなりの壁にもたれて座り込んだ。「まあ食えよ」と衛生ボーロをさしだすと、彼はにこにこと笑ってそれを掌《てのひら》に載せた。

「今夜は直也君たちが集まってるな」と私は煙草《たばこ》を吸いながら言った。

「あいつら、何をこそこそやってるんだろう」

修二は聞き耳を立てたが、直也の部屋からは何も聞こえてこなかった。「気に食わんな。俺だけ仲間はずれかよ」

「そう拗《す》ねるな」

「こないだの夜廻りもそうだろ。昔から変わらん。夏尾が剣道をやめたときだってな、知らんのは俺だけだったもんな」

修二は眼を宙に漂わせた。口の中でボーロを転がしている。

「その頃に夏尾がうちに来て、兄貴の部屋で泣いてた。あのときは兄貴と喧嘩《けんか》してるんかと思ったけど、悩んでたんかな」

「泣いてたのか」

「うん。ちょっと盗み聞きした」

「それは、いかんぜ」

「兄貴たちには内緒な」

そして修二は頭を振って、「もったいないよ」と呟いた。「夏尾は強かったのにな。やめることはなかったのにな」

「もっと食えよ。遠慮すんなよ」

私は言って、修二の掌にボーロを入れた。ボーロを大きな掌に載せて、開いた口に流しこみながら、彼はふふふと笑った。

○

午後十時を過ぎたので、私は切り上げることにした。今夜は親父さんも誘いに来ず、静かに時が過ぎた。直也の部屋に三人がいるはずなのに、ひっそりとして声も聞こえない。修二に教えている間、時折私も耳を澄ましてみたが、何も聞こえなかった。

私が廊下に出ると、修二もついてきた。彼は直也の部屋を覗《のぞ》いて、「兄貴たちは？」と声を上げた。夏尾だけが部屋に残っていて、何か話しているらしい。私が階段を降りかけて振り返っていると、修二は肩をすくめながら歩いてきた。

「兄貴と秋月は出かけたらしい」

彼は言った。

「いつの間に」

「なんだかよう分からんけど。また勝手なことをやってるな、あいつら」

「夏尾さんだけそこにいるの」

「うん」

私が修二の肩越しに廊下の奥に目をやると、直也の部屋のドアが開いており、その隙間《すきま》から夏尾がこちらを見ていた。

下に降りると、茶の間には親父さんの姿はなかった。

「どこ行ったんかな、まだ腕痛いくせに」と修二は呟いた。

玄関まで私を見送りながら、修二が何か言いたげな様子を見せた。

そのまま靴を履いて、私の後について出てくる。

「それじゃあな」と私が歩み去ろうとしても、「なあ」と修二は声をかけたまま黙っている。はねた髪が生ぬるい風に吹かれて、頼りなく、不安そうに見えた。私はいったん踏みだした足を止めて見返した。

「どうした」と声をかけた。修二は「まっすぐ帰れよ先生、寄り道すんなよ」と言った。

私は生ぬるい不吉な空気の中を歩いた。果実のような甘い匂《にお》いが、あたりに立ちこめてきた。

○

灰色の分厚い雲に覆《おお》われた空が、街の明かりを受けているせいか、不気味に明るい。甘い匂いはますます強くなった。もうじき雨が降り出すだろうと思った。

森閑とした夜の街路に入り込んだ。やがてあの狭い路地を抜けて、廃屋の裏庭に出た。

四方を囲む塀の向こうから、街の明かりがぼんやりと届いている。足を踏み出すたびに、草の擦れる音がした。薄暗い中に、草の匂いと雨の匂いが漂っている。虫がしつこく顔のまわりを飛び廻った。薄闇《うすやみ》へ眼を凝らすと、雑草に埋もれた涸《か》れ井戸が見える。

虫の鳴く音に混じって、自分が息を吐く音が聞こえている。じっと聞いていると、だんだんそれが自分の出す音ではないように思われてくる。こめかみから汗が滴《したた》り落ちて、まるで虫が顔を這《は》っているように感じられた。

涸れ井戸を覆っているプラスチックの波板を見やると、その上にとぐろを巻くようにして、胴の長いケモノが座っている。それは私を向いて顔を上げ、闇に光る白い歯をむきだした。「ししし」と笑い声を立てるような息づかいをしている。

私は涸れ井戸に近づいて、蓋《ふた》に手を掛けた。静かにそれをどけると、深い闇が開いた。縁にひっかかっているビニール紐《ひも》をたぐり、井戸の中にぶら下げておいた木刀を手に取った。

私の傍らで身をくねらせていたケモノが草むらの中で動きを止め、顔を上げて廃屋を見ている。誰もいないはずの廃屋の中で、小さな明かりが動いていた。

私は木刀を握りしめたまま、藪《やぶ》の陰へ身をひそめた。二度、三度、明かりが振られたように思われたが、そのまま消えてしまい、何者も現れない。

赤っぽいような明るい空が、気になる。どこか遠くでごろごろと音がしていた。

しばらく時間が経《た》った。

廃屋の方から草を踏み分ける音が聞こえてきて、私がひそんでいる藪の前を通り過ぎて行った。煙草の煙を流している。藪から頭を出して覗くと、痩《や》せた若い男の後ろ姿が見えた。男がそのまま細い路地を通って、外へ向かったのを見越してから、私は藪の陰から滑り出た。いつものように、ケモノは私の先に立ってゆく。

○

薄暗い街路を、男が歩いて行くのが見えた。

高等学校の方向へ行くらしい。角を曲がる直前、彼は煙草を道に投げ捨てた。暗いアスファルトの上を、吸いさしが転がって小さな火花を散らした。私はその吸いさしを踏みつけてから、彼を追って角を曲がった。

男は高等学校の長い塀に沿って歩いていく。私は塀の暗がりに身を沈めながら、彼の様子を窺《うかが》っていた。男が立ち止まって、彼の手元が橙色《だいだいいろ》に輝いたので、煙草に火を点《つ》けようとしているのが分かった。

私は塀に沿って足を運び、男に近づいた。

木刀を振り下ろそうとした刹那《せつな》、「秋月ッ」と押し殺したような叫び声が路地に響いた。男の手元の明かりがふいに消え、彼は前へ跳ねた。私の木刀は宙を切った。

私は力余ってよろめきながら、後ろから駆けてくる足音を聞いた。身を翻《ひるがえ》して路地の反対側へ跳ねた途端、背後で木刀が空を切る音がした。振り向きざまに木刀を大きく振るって、背後の暗がりから突き出されてくる一撃を払った。横へ飛んで間合いを取りながら、木刀を突き出すと、こちらへ飛びかかろうとしていた相手は踏みとどまった。暗がりの中で、私は直也の顔を見た。直也は木刀をかまえて立っていた。その向こうで秋月が立ち上がって、こちらを見ていた。

「先生。落ち着いてください」

直也が静かな声で言った。「俺たちが分かりますか」

答える代わりに私はケモノのような呻《うな》り声を口から漏らした。言葉が出なかった。

「だめだ、直也。どうせ話は通じない」

秋月が言った。「俺の時と同じだ」

私は木刀を右手で握りしめて相手に突きだし、半身《はんみ》になった。

直也の木刀をはじいて殴りかかったが、かわされた。「おい」と彼が低く叫ぶと、秋月が私の背後に廻った。私は直也に木刀を叩きつけようとしたが、先んじた直也に鳩尾《みぞおち》を突かれた。思わず膝《ひざ》を折った。吐き気がして、涙が滲《にじ》んだ。何も見えなくなった。

私は直也の木刀を片手で握りしめた。

闇雲に自分の木刀を肩越しに背後へ突きだすと、ごりっという手応《てごた》えがあった。背後にいた秋月のくぐもった悲鳴を聞いた。直也がアッと秋月へ眼をやった隙をついて、私は相手の木刀を払いのけた。そして直也のこめかみに木刀を叩きつけた。

直也は眼をつぶって横に転がった。そして倒れこんだまま動かない。

私は息をついて立ち上がり、背後を見た。

秋月は口を押さえて倒れ込んでいた。手が血に濡《ぬ》れていた。私は彼の木刀を取り上げて、高等学校の塀の向こうへ放り投げた。身を縮めている秋月を見下ろし、先ほどまで木刀を握っていた手の甲を目がけて木刀を振り下ろした。もう一度木刀を振り上げると、秋月は泣きだした。

身の廻りに渦巻いていた騒音がふいに止《や》んで、あたりは静けさに包まれた。自分の獣じみた息づかいと秋月の呻《うめ》き声だけが聞こえた。

照明灯が点いたように、あたりが昼のように明るい光に照らし出された。大木を裂くような凄《すさ》まじい音が響いた。底が抜けたように大粒の雨が降り出して、アスファルトが毛羽立ったようになり、地面に倒れている二人の男が、綿にくるまれているように見えた。

雨がぼたぼたと顎《あご》から滴り、まるで自分が泣いているようであった。

雷鳴に胸が騒ぐ。

轟音《ごうおん》の中で立ち尽くしたまま、路地の向こうへ眼をやった。

路地の真ん中に、夏尾が立っていた。

大粒の雨が痛いほど我々に降り注いで、路地のアスファルトが飛沫《しぶき》で煙っていた。青い稲妻が彼女の濡れそぼった姿を照らし出し、その右手にある木刀がつややかに輝く。薄いシャツが彼女の身体に張りついて、果実のような身体の線を浮き立たせている。その身体があたりに満ちる雨の匂いを深々と吸い込んで、蠢《うごめ》くように思われた。

私は深く息を吸い、濡れた木刀を握りしめて、彼女に向かって駆けだした。雨の音が夜の街を包み込んでいる。甘い匂いがしている。

私が打ちかかると、彼女の身体が跳ねた。
雨に濡れたケモノが、視界の隅で身をひるがえすのを見た。

水神

○

通夜《つや》や葬儀へ出かけたことはあまりない。

父は「この歳《とし》になったら、何かというと葬式がある」と呟《つぶや》いては喪服に袖《そで》を通していたけれども、まだ私にはそんな感覚は分からない。

葬儀に行くにしても、言われるがままに出かけていって、神妙に頭を下げて時間をやり過ごし、それからひっそりと帰ってくるばかりだ。

これから語るのは、祖父の通夜の日の出来事である。

今から五年前のことになる。

その晩夏の夜更《よふ》けを思い出すとき、私はつねに、長くて古びた隧道《ずいどう》を脳裏に描く。湾曲する壁面は煉瓦《れんが》作りで、触れると氷のように冷たい。四人の男がそこをおそるおそる抜けて行く。隧道の中は深い闇《やみ》なので、我々は前へ進むために手探りをしなければならず、そのために、まっすぐ伸びているはずの隧道が迷宮であると勘違いしたり、闇の奥底に何者かの気配を感じて立ち竦《すく》んだりした。

そして、その隧道の中では、いつも水の溢《あふ》れる音がしていた。

○

祖父は京都の鹿《しし》ヶ谷《たに》にある屋敷に一人で暮らしていた。

弘一郎《こういちろう》伯父の家族が同居するという話が出たこともあったが、祖父はそれを拒んだ。脳溢血《のういっけつ》で倒れて身体《からだ》が不自由になっても、まだ意地を張り通そうとした。伯父たちが頭を下げて頼み、主治医の矢野医師が諄々《じゅんじゅん》と説得したおかげで、ようやく弘一郎伯父の娘である美里さんが世話に通うことだけは許された。

そのくせ祖父は私が京都の大学に通って、京都に住むことを願っていた。起居には屋敷の一室を使えばいい、学費を出すとまで言ってくれたが、私は祖父の言うことを聞かなかった。学生時代を祖父の元で暮らすのは息苦しい上に、伯父たちに対して遠慮があったからである。

祖父の意向に反して、私は大阪の学校へ進学した。

春、入学式もすんでから、そのまま祖父のところへ挨拶《あいさつ》に行った。

祖父の屋敷の敷居を一人で跨《また》ぐのは、初めてのことだった。緊張して背筋が強《こわ》ばっていたことを思い出す。

冷え冷えとした座敷に比べて庭がやけに眩《まぶ》しかった。桜の花弁が次から次へと降り、縁側から春風に乗って吹き込まれてきた。祖父は入学祝いの酒を用意し、枝垂《しだ》れ桜が盛んに花弁を散らすのを眺めながら呑《の》んだ。そうして、私が入学の報告をするのを、腕組みをして聞いた。

私が話し終えても、祖父は何も言わなかった。庭に造られた古い池を見やったまま黙している祖父の顔が青く暗かったのは、孫が自分の意向を無視して進路を決めたばかりではないだろう。祖父は腹の底の暗がりから響いてくる、何か不気味な水音に耳を澄ましていたのであろうと思う。

○

父は危篤《きとく》の報を受けて前夜から京都へ出かけていた。母も日中に出かけたらしい。学校から戻っても家は森閑としていた。居間のテーブルに母の書いた簡単なメモが置いてあった。自室へ行くと高校の卒業式で着たスーツが一式と、宿泊用の着替えが積んであった。

枚方《ひらかた》市から京阪《けいはん》電車に乗って、京都へ向かった。

男山のふもとを過ぎて木津《きづ》川を越える辺りで、空が急に暗くなったように思われた。列車が橋を渡る音が物々しく響いた。丹波橋を過ぎる頃には、夕闇の中を町の灯りが流れてゆくだけになった。向かい側の暗い硝子《ガラス》に私のぽかんとした顔が浮かんでいた。子供の頃、そんな風にぽかんとしていると、祖父に「阿呆《あほ》な顔をするな」と叱《しか》られたことを思い出した。未《いま》だに気をゆるめると「阿呆な顔」をしてしまう癖が治らない。祖父の叱責《しっせき》はまったく無駄であった。

京阪三条で下車して地上へ出ると、鴨川《かもがわ》の向こうには歓楽街の賑《にぎ》やかな明かりが夢のように煌《きら》めいていた。週末だから、平日よりも人出が多いらしい。そこからバスに乗って東へ向かった。窓に頬を押しつけるようにして外を眺めると、黒々とした東の空に、歪《ゆが》んだ月が浮かんでいた。

○

浄土寺でバスを降りて、ひっそりとした町中へ入った。祖父の屋敷は、そこから東へ向かってしばらく歩いたところにある。家並みを抜けていくと、籠《こ》もったようなざわめきが聞こえてきた。屋敷の石垣の下には南禅寺から流れてくる琵琶湖疏水《びわこそすい》が走っている。板塀の向こうから明るい光が漏れて、老いた桜の葉が浮かび上がって見えた。疏水に掛かった小橋のあたりまで、弔問客が黒々と溢れていた。

人垣をようやくすり抜けて、冠木門《かぶきもん》をくぐると、小さな受付が置かれている。見覚えのある顔の男性が弔問客に頭を下げていた。それは孝二郎《こうじろう》伯父で、年始に会ったときには無かった口髭《くちひげ》を蓄えていた。少し躊躇《ちゅうちょ》していると、相手が先に眼鏡越しに私の姿を見つけて、口をすぼめるようにして微笑《ほほえ》んだ。私は軽く頭を下げてから、さらに奥へ進んだ。

老いた桜のある広い庭の隅に照明器具が設置されていて、弔問客たちを影絵芝居のように見せている。会社の関係者や近隣の人々だろうと思ったが、私には誰が誰だか分からなかった。彼らは、めいめい静かに微笑んだり神妙な顔をしたりしながら、うるさくもない静かでもない不思議な声で言葉を交わしていた。池の水面《みなも》を指さして何か探しているらしい人もあった。感心したように庭の立木を見廻している人や、芝生に置かれたテーブルで茶を飲んでいる人もあった。

庭に面した座敷が開け放たれて、そこに祖父の祭壇がしつらえてあるらしい。どうすれば良いものかと思案しながら辺りを見廻していると、ポットを持った母が脇《わき》を通り過ぎようとした。声を掛けると、母は私に頭を寄せた。庭に面した座敷に親族の席があり、父もそこにいると母は小声で言った。

私は玄関で靴をぬぐと、屋敷の中に入った。

食堂から美里さんが顔を出して、こちらに頭を下げた。祖父の身の廻りの世話をしてくれていた私の従姉《いとこ》である。ふっくらと丸くて、父親である弘一郎伯父と同じように明るい雰囲気の人だったが、今夜はさすがに顔を曇らせていた。

畳にシートが敷かれた座敷に足を入れると、祭壇の近くでパイプ椅《い》子《す》に腰掛けた父と弘一郎伯父が話している姿が目に入った。父は私に気づき、手招きした。祭壇前に作られた遺族席から視線がこちらへ集まるのを感じた。伯父たちの家族を除けば、大阪に少し血縁者がいるだけなので、集まった親族の顔ぶれは正月とあまり変わらないように思われた。

「よう」と弘一郎伯父が言った。すでに一杯飲んだような赤ら顔に、偶然街中で行きあったかのような笑みを浮かべていた。

「どうも」私は頭を下げた。

「次に会うのは正月かと思っていたが」

「そうですね」

「今夜はここに泊まるんだろう」

「はい」

「そんなら、あとでゆっくり話そう」

そのとき、同じ町内に住む久谷《ひさたに》という老人がやって来て、「弘一郎さん、お寺さんが」と小さく声を掛けた。伯父は「いま参ります」と応《こた》え、老人と一緒に座敷の外へ出て行った。

私は父と並んでパイプ椅子に腰掛けながら、「今夜はずっと起きてるの」と尋ねた。

父は祭壇を見つめながら、「いや」と小さく首を振った。「しかし、色々と相談することもある。ちょっと遅くなるかもしれん」

弘一郎伯父とは対照的に、パイプ椅子に腰掛けて祭壇に眼をやっている父は窶《やつ》れて見えた。両膝《りようひざ》へ力無く投げ出した腕は普段よりもずっと弱々しく思われ、そうやって固まっている父は、まるで私と同い年の、線の細い青年のようであった。

私は祭壇を見つめた。遺影の中にいる祖父は、眉間《みけん》に思い切り皺《しわ》をよせて、ぐいと虚空《こくう》を睨《にら》んでいた。屋敷に集った我々をひやりと怯《おび》えさせた、そんな祖父の表情を敢《あ》えて遺影に選んだのは、父たち兄弟の企《たくら》みだろうかと思った。

○

読経《どきょう》が行われているあいだに庭から上がってきた喪服の一群が、入れ替わり立ち替わり焼香した。それが終わった後も、父や伯父や母たちはなにくれとなく忙しそうであり、私はこっそりと座敷を出た。

玄関から奥へ伸びる廊下を進むと突き当たりに食堂の入り口がある。その右には二階への階段がある。廊下はここで左に折れて、ぐるりと中庭を巡るように作られている。四方を廊下の硝子戸に囲まれた中庭は、八畳ぐらいの大きさで、漏れ出る明かりが地面を覆《おお》う苔《こけ》を光らせていた。祖父がお参りを欠かさなかった小さな社《やしろ》が見えた。

中庭南側の廊下を歩いているとき、傍らの襖《ふすま》の向こう側に祖父の祭壇があるのだと思ったら、葬式の舞台裏に入り込んだような妙な気持ちがした。そのまま廊下に沿って歩いて、一周した。廊下に沿ってある座敷はみんな明かりが点《つ》いて、まるで正月のようだったが、どの座敷もしんとしていた。

中庭を巡ってきてから、私は暗い階段をつたって二階に上がった。階下のごたごたが収まるまで、息をひそめているつもりだった。二階は暗く熱が籠もっており、古い屋敷に染《し》みついた匂《にお》いがした。板廊下の奥に、祖父の書斎の扉が見えた。

洋間に入って壁のスイッチを押すと、橙色《だいだいいろ》の明かりが部屋に満ち、中央に置かれた楕円形《だえんけい》のテーブルの表面が黒々と水に濡《ぬ》れたように輝いた。そこは八畳ほどの広さの洋間で、床は赤い布張りだった。子供の頃、父や伯父たちが時折ここで祖父と話をしているのを見た。彼らがめいめいに吹き上げる紫煙が、電燈の古風な笠《かさ》のまわりをゆらゆらと漂っていたのを憶《おぼ》えている。この洋間はおじさん連中が集まって、秘密めいた話をする場所であった。

誰もいない時にこっそり一人で入ってみて、しばらく赤い布張りの床をさすっていたことがある。洋間の雨戸は閉まっており、昼なのに薄暗かった。私はひどく怖がっていた。なぜあんなことをしていたのか、よく覚えていない。父か母に怒られて、一人で拗《す》ねていたのかもしれない。布張りの床は湿っぽくて、掌《てのひら》が濡れるような感じがしたが、私は飽きもせずに長い間撫《な》でていた。誰かが階段を上ってくる音を聞いてようやく我に返り、洋間から逃げ出したはずである。あのとき誰が上ってきたのかも覚えていない。正確に覚えているのは布張りの床の手触りだけである。

古い椅子に腰掛けて、父たちがかつてそうしていたように、私も紙巻きの煙草《たばこ》を吸った。弱々しい煙を電燈に向かって吹きかけてみた。テーブルの真ん中には藍色《あいいろ》のもやの入った硝子瓶が置いてあった。水はすっかり無くなっているのに、切り花だけがいやに美しいのが不思議であった。

そうやって何本も煙草を吸いながら、私は暇を潰《つぶ》した。階下は少しずつ静かになっていった。

○

誰かが階段を上って来る音がした。洋間の扉は細めに開けてある。煙草を吸いながら扉を見ていると、そっと押し開けるようにして孝二郎伯父が入ってきた。眼鏡の奥から眩しそうに私を見つめていた。

「ここにいたか」伯父は微笑んで言い、テーブルを挟んで私と反対側の椅子に腰を下ろした。「未成年だろう。まだ煙草を吸ってはいかんよ」

私は笑った。伯父も煙草を取り出して、あまり美味《うま》くもなさそうに一服吸った。私の煙と彼の煙が一緒に昇っていって、電燈のあたりにたゆたった。

「下に居なくていいんですか」

「まあ、少しぐらい休憩させてくれ」

伯父は部屋の中を見廻している。「昔は学者や画家が集まって、ここでよく飯を喰ったそうだよ。我々が生まれるより前のことだけれど。和子さんはときどき、そういう話をしていた」

和子さんというのは、父や伯父たちが子供の頃に屋敷の家事を取り仕切っていた女性である。戦争で夫を亡《な》くして、そのあとは長くこの屋敷で暮らした。父は何度か和子さんについて語った。

「今夜はどうするんですか」

「明日もあるし、他の人には寝てもらう。寝ずの番は兄貴と俺と茂雄がする」

「大変ですね」

「いや、我々には酒がある。それに今夜は面白い趣向もある」

「何ですか」

「茂雄から聞いてないか」伯父はふふうと煙を吹き出した。「今夜遅くに、芳蓮堂《ほうれんどう》が来るそうだ」

「ホーレンドウ」

「昔から親父《おやじ》の馴染《なじ》みの店だ。親父からの預かり物を持ってくる」

「何を持ってくるんです」

「それを誰も知らない。兄貴によると家宝だそうだ」

小学生の頃に、幾度か祖父に連れられて蔵に入ったことがあった。ひんやりと薄暗い蔵の中はがらんとしていて、同じような箱が幾つか並んでいたことしか覚えていない。当時の私はさして興味を抱かなかったはずである。祖父が何か見せてくれたような気もしたが、私には思い出せなかった。

「君もちょっと顔を出しなさい。親父もきっと喜ぶだろう」

芳蓮堂とやらが持ってくる家宝に、私は少し興味を抱いた。

○

通夜《つや》の儀式が一通り終わって、弔問客も帰路についた。

母たちが台所で夜食の準備をしている間、我々は祭壇前を片づけてシートを丸めた。「明日も使うんだから、そのままにしておいたらいいんじゃないですか」と久谷老人が尋ねた。

「今夜はここで酒宴をやるんで」弘一郎伯父が言った。「まあ、供養《くよう》ですよ」

「あの人、悔しがるだろうねえ」

「しかし親父も、もう文句は言えないからね」

「いやいや。あの人なら、そこから顔出して何か言うかもしれない」

葬儀屋がやって来て、弘一郎伯父、久谷老人、父と顔を突き合わせて明日の打ち合わせを始めた。孝二郎伯父は出してきた小机のわきに香典受けを置いて、冊子に何やら書き込んでいる。

私は開け放した縁側に立って、庭の池を眺めた。縁側から漏れ出る蛍光灯の明かりが周囲の岩に当たって、水面が白っぽく光っている。

背後で、孝二郎伯父が「この家に金庫はあったかいな」と甲高い声で言うのが聞こえた。「書斎にあるんじゃないか」と弘一郎伯父が返事をしていた。孝二郎伯父は部屋を出て行ったらしい。残された父たちは相変わらず立ったまま何か喋《しゃべ》っている。

明日の打ち合わせもすんだところで、別室で軽い食事をした。かちゃかちゃと器の鳴る音に穏やかな声が混じって、身内だけで和《わ》気《き》藹々《あいあい》としていた。夜九時を回っても蒸し暑さがひかないので、みな上着を脱いでしまった。九月の中旬になるというのに、秋の気配は感じられなかった。

食事が終わると、「それじゃ、今夜のところはこれで一旦《いったん》戻ります」と久谷老人が立ち上がった。父や伯父たちが一斉に立ち上がり、揃《そろ》って頭を下げた。その仕草が端から見ているとそっくりであった。

「まあ、明日もあることですし、皆さんも無理をせんようにして下さいよ」

老人は静かに言った。

彼を門まで見送ったあと、戻り際《ぎわ》に父が「久谷さんは今夜のこと知らないんですか」と弘一郎伯父に尋ねていた。

「彼は知らん。俺たちだけだ」

伯父は応えた。

芳蓮堂のことであろうと思われた。

○

それぞれの家族は、いつも割り当てられていた座敷に引き取った。

他の者は寝かせて、父たちが酒を傍らに置いて線香の番をすることになった。食堂から一升瓶をぶら下げて来た孝二郎伯父は、くれぐれも明日に差し障《さわ》ることがないようにと、伯母に襟首を摑《つか》まれるようにして釘《くぎ》をさされていた。

私はいったん中庭の西側にある座敷に引き上げた。服を着替え終わる頃に、ネクタイと上着をぶらさげた父が襖を開けて、「お前も顔を出せ」と言った。中庭を巡る廊下を歩いて行くとき、シャワーを浴びてきたらしい母が通り掛かって「あんまり無理をしないように」と言った。「ちゃんと交代で寝る」と父は言った。

食堂へ行くと、伯父たちが夜食の残りを盆に載せていた。手分けしてそれらを祭壇のある座敷まで運んだ。

弘一郎伯父が一升瓶を持って進み出て、まるで儀式に臨むように端然と正座した。

「じゃあやらせてもらいます」

やけに丁寧な口調で彼は言い、一升瓶を祭壇前に置いた。祖父が毎日呑《の》んでいた銘柄であろう。祖父は慣れた味が変わるのを嫌って、同じ銘柄の酒しか呑まなかった。

いよいよ酒宴を始めるということになると、祭壇が気になって、始めのうちは言葉少なだった。昨日から今日までの疲れも原因だったろう。いつもは賑《にぎ》やかでうるさいくらいの弘一郎伯父も神妙にしていた。

孝二郎伯父が「何もこう、しんみりしなくてもいいだろう」と言った。

「そんなつもりはないがなあ」と弘一郎伯父。

「親父の前で呑もうと言い出したのは兄さんでしょう」と父が苦笑して言った。「兄さんが率先して陽気にやってくれないと困る」

「親父が生きてた頃は」孝二郎伯父は口をへの字に曲げて、祭壇を見上げた。眼鏡の奥にある目の回りが、もうほんのりと赤い。「酒についてはつくづく馬鹿《ばか》にされたねえ」

「晩酌のことな」弘一郎伯父は笑い出した。「おまえ、晩酌が半合だったな」

「そんなつまらん晩酌なんかやめろと言われた」

「ま、もっともなことですよ」父は言った。

「親父の酒は気持ちが良かった。まるで水みたいにすいすい呑んでなあ」弘一郎伯父は言った。「しかし、あんなにすいすい呑んでうまいもんなんかねえ」

孝二郎伯父は夜食の煮物を口に放り込んでもぐもぐやっている。音を立てて煮物を飲み込んでから、彼は暗い縁側に目をやった。蚊取り線香の煙が細く静かにたゆたってきて、彼はくんくんと鼻を鳴らした。

弱々しく飛んできた蚊をぱちんと大きな音を立てて仕留めて、弘一郎伯父が「もう蚊に威勢がないな」と呟《つぶや》いた。「まだまだ暑いですけどねえ」と父が言うと、弘一郎伯父は掌にこびりついた蚊の死骸《しがい》をこそげ落としながら、「こいつらも暑さにバテたのかね」と哀れむように言った。

○

祖父は酒豪であった。息つく暇もなく滔々《とうとう》と流し込んでも、片端から酒精が消え去ってしまって追いつかないというたぐいの、嘘《うそ》のような酒呑みである。そして、それだけ底抜けに呑んでいても、父たち兄弟の記憶にある限り、酒に呑まれたことは一度もないという。

私が物心ついた頃には、かつては滝のごとくだった祖父の酒量もかなり落ちていたが、座敷から見える庭の夕景に目を遣《や》りながら、独り黙って、すいすいと呑んだ。かりかりに痩《や》せた背をしゃんと伸ばして、何かちゃんとした作法に従っているかのようであった。その日の酒を切り上げるときも、あまり酔っているようには見えなかった。

祖父から流れ出した酒豪の血は、我々には至ることなく、どこかへ消えてしまった。それでも酒をすいすいと呑んでいた祖父の姿は父や伯父の頭に懐《なつ》かしく焼きついていて、みんな弱いなりの酒好きであった。しかしそうなると、祖父のように端然と呑むというわけにはいかなくて、しばしば見苦しい羽目に陥った。

酒の上での醜態ということになると、孝二郎伯父が一番ひどかった。職業柄、学生を相手にして呑むから仕方がないのかもしれなかった。退官するまでは、よく孝二郎伯父のとんでもない醜態に関する噂《うわさ》が苦笑とともに話題になった。

弘一郎伯父と父も酒には弱い方だったが、孝二郎伯父ほど頻繁にタガがはずれてしまうということはなかった。二人の酒は弱いなりに陽気で、からりとした、気持ちの良いものだった。

その通夜に、祭壇の前で酒宴を張って芳蓮堂を待とうというのは孝二郎伯父の発案で、父や弘一郎伯父も賛成した。無論、祖父が棺《ひつぎ》から顔を出して文句を言うなどとは、誰も思いはしない。

○

だんだん調子が出て、皆の顔がほころんできた。会話にも弾みがついてきた。他の三人の顔が赤らんでくるのを眺めているのは面白かった。

弘一郎伯父は、父が祖父と喧嘩《けんか》して家を出た時の話をした。父は若い頃しばらく弘一郎伯父の家に居候《いそうろう》していたことがあって、祖父との間に和解が成り立ったのは私が生まれた後のことである。弘一郎伯父はその話に父と母の出会いを絡《から》めて、聞いているこちらが恥ずかしくなるようなロマンティックで古風な話に仕立て上げてみせたが、酔っているせいか父は何とも言い返さなかった。どこまでが伯父の法螺《ほら》なのか、私には分からなかった。

「茂雄の学費やら何やらは、祖父《じい》さんのコレクションを売っ払って作ったんだ」と弘一郎伯父は言った。「あれは俺が狙《ねら》っていたのに、気がついたら蔵は空っぽだ」

「ほとんどがらくたで、売るのは大変だったでしょう」父が微笑《ほほえ》んだ。

「それはもう、たいへんだったよ。妙ちくりんな幻燈やら、薄気味の悪い剥製《はくせい》やらばっかりでね……あんな胡散《うさん》臭いもの、大した金にはならんからな」

「剥製ね。覚えてる覚えてる」

孝二郎伯父は膝《ひざ》を叩《たた》いた。「なんだったんだろうな、あれは。得体の知れん」

「茂雄は覚えているか。あの薄気味悪い、胴の長いケモノの……」

「忘れるもんですか」

「悪いことをしたら、お仕置きにあれと一緒に奥座敷へ閉じこめられたもんだ」

「今でも俺は夢に見ることがある。一人でじっとあれを見つめていると、あの剥製の首がゆっくり動いてね、俺を見てニカッと笑うんだな」

「怖かったですねえ」

「あれも芳蓮堂が持って行ったんだろうさ。せいせいしたな」

「がむしゃらな蒐集品《しゅうしゅうひん》だったが、良いのもあったよねえ」孝二郎伯父が言った。「龍《りゅう》の根付《ねつけ》のコレクションとか、見事なもんだったじゃないか」

「芳蓮堂はがらくたも山ほど押しつけられたが、十分元は取ったというところだろうな」

「芳蓮堂が持ってくる品って、その時に売ったものですか」

私は問うた。

「いや、それとは別だ。親父から特別に預かってる物らしいな」と弘一郎伯父は言った。

「何だろうねえ」孝二郎伯父が酒を注ぎながら言った。

そうやって賑やかに話し込んでいる中へ、柱時計がぼーんと水を差した。

四人が口をつぐんで、古風な音に耳を澄ました。黒い時針が十一の位置を指していた。座敷に引き取った母やいとこたちも寝てしまったのだろう。屋敷中はひっそりと静まっていて、途切れ途切れに続く時計の音が、長く暗い廊下をどこまでも転がっていくような気がした。黙り込んでそういう音に耳を澄ましていると、通夜の席であるということを改めて背中で感じるような気がした。

時計が鳴り終えるのを待っていたように、「大丈夫かな」と弘一郎伯父が呟いた。「十一時には来るという話だったんだがな」

○

主治医の矢野医師は、祖父の旧制高校時代の友人だった。祖父が亡《な》くなった年には、医院も息子と孫の代になっており、矢野医師は一線から退いていた。しかし彼は友人として主治医として、屋敷に通い、祖父の死を看取《みと》った。

彼は昔から友との歓談を兼ねて往診に通っていたが、祖父はなかなか身体《からだ》に触れさせなかった。「君と喋っているだけで大丈夫だ」と煙に巻き、祖父は彼の診察をかわした。高等学校時代から鉄棒のように押し通してきた頑固ぶりを肌に染《し》みて知っている矢野医師は、にこにこ笑って祖父の我《わ》が儘《まま》を受け入れるふりをしていたが、それでも時折は医師としての責任を盾にして祖父にぶつかっていくことがあった。二人はそれで幾度か喧嘩をした。埒《らち》の明かない言い合いを繰り返した挙げ句、祖父は強《こわ》ばっていた頰をにやりと緩め、「大さん」と甘えるような口調で声を掛けることがよくあった。祖父が甘えられる友がいたとすれば、矢野医師と久谷さんだけだった。

戦争が終わって間もなくの頃、矢野医師は祖父から「家宝」について聞いたことがあった。初代の樋口直次郎が掘り出して以来ずっと屋敷にある、と祖父は言った。興味を持った矢野医師はそれがどんなものなのか訊《たず》ねたが、祖父は思わせぶりな笑みを浮かべるだけだった。曾祖父《そうそふ》が隠していたのを見つけた、とだけ言った。

その話は近所に住む久谷さんも聞いたことがあった。彼が水を向けても、やはり祖父ははっきりとしたことを言わなかった。ただ息子たちに譲るつもりは全くない、と不思議に強い調子で言った。彼らの器が足りないというのがその理由だった。そんなことはないだろうと久谷さんが否定しても、祖父は意見を変えなかった。あいつらには扱いきれん、とだけ祖父は言った。

屋敷を訪れる事業関係の知人の間でも、祖父の隠し持っている家宝が、しきりに話題にされた。二階の洋間で夕食会があったときに、祖父にはっきり尋ねた人間もいたが、祖父はにやにやするだけで答えず、それが知人たちの興味を掻《か》き立てた。

その家宝は祖父の先々代が掘り出した古い財宝のことではないかと

大げさな推理を披露する人間もいた。大昔に埋められたまま忘れられた公家《くげ》の財宝が、屋敷を建てるときに出たのではないか。あるいは維新の志士たちの軍資金か、豊太閤《ほうたいこう》の埋蔵金か。祖父はそれらの馬鹿馬鹿しい推理を面白がっていたようである。

噂話を聞きつけて、何軒かの骨董《こっとう》屋が探りを入れてきたこともあったが、祖父はそんな連中も適当にあしらっていた。

しかし、二番目の妻である花江さんが亡くなったあと、祖父はすっかり人が変わったようになり、屋敷にまつわる家宝の話もしなくなった。誰かが冗談まじりでそれに触れようとすると、祖父は冷たい目つきをして相手を黙らせた。いつしか周囲でも、家宝にまつわる冗談は禁句となった。

○

「その家宝については、何も分からなかったんですか」父が尋ねた。

「若い頃は色々想像に耽《ふけ》ったものだけれど」弘一郎伯父は恥ずかしそうに言った。「俺も直次郎さんが何か掘り出したのだと思っていた」

「明治時代の話ですか」

「その頃に何か家宝でも見つけて、こっそり着服したんではないかと、兄貴は思っておったわけだ」孝二郎伯父がからかった。「ロマンがあるだろ」

「直次郎さんについてはあんまり知らんが、なかなか厄介な男だったようだからな。それぐらいのことがあってもおかしくないだろう」

弘一郎伯父は腕組みをして言った。

隠された家宝のことは、折に触れ、若い伯父たちの頭に浮かんだ。久谷さんや矢野医師に水を向けて手がかりになる断片なりを聞き出そうとしてみた。学生の頃には二人で示し合わせ、祖父が不在のときを狙って、蔵にもぐりこんでもみた。しかしコレゾ家宝ナリと貼《は》り紙《がみ》がしてあるわけでもなく、雑然と積み上がった品物の中から家宝を見極めることはできなかった。

やがて蔵の中の骨董品は、屋敷が傾くにつれて水が器から零《こぼ》れるように流れ出していく。伯父が言ったように曾祖父の蒐集品が処分されたのも、その頃である。大量の古いがらくたがなくなってしまうと、特に家宝と言うべきものが蔵に残っているとも思われなくなった。案外、祖父はその蔵掃除の過程であっさりと守り神たる家宝を売り飛ばしてしまったのかもしれない。あるいは、かつて知人たちに語ったのは祖父なりの冗談であり、知人たちが色々と見当違いな推測をしたり、宝物を狙う骨董屋がやって来るのを楽しんでいたに過ぎないのかもしれなかった。

そうして、伯父たちの家宝への興味はいつしか薄れていったのである。

「すっかり忘れきってたところへ、あの電話だ」

弘一郎伯父は言った。

父や伯父たちが久谷老人を交えて葬儀の段取りについて打ち合わせている時、屋敷に電話が掛かってきた。弘一郎伯父が電話口に出ると、若い女性が「芳蓮堂と申します」と名乗った。その名前には聞き覚えがあった。かつて蔵に積み上げられた大量の品を処分する仕事を請け負ったのが、同名の小さな古道具屋だったからである。

「今朝ほど御電話を頂きましたが、お伺い出来る時間が遅くなりますので……」電話の相手は言った。

伯父は戸惑った。

「今夜十一時頃になりますが、宜《よろ》しいでしょうか」

「ええと、失礼ですが……何の御用で」

「今朝の御電話では、先代がお預かりしていた品を届けるようにとのことでしたが」

「あ」

そのとき、すっかり忘れていた「家宝」のことが、ふたたび弘一郎伯父の脳裏に甦《よみがえ》ってきた。

「それにしても、芳蓮堂も先代からのことを良く覚えていましたね」

父が言うと、弘一郎伯父は首をかしげた。

「朝に誰か電話したようなことを言っていたけれども、俺は電話をした覚えがない。美里が親父《おやじ》に頼まれて電話したのかと思って聞いてみたけれど、あいつは芳蓮堂なんか知らんと言っている」

「じゃあ、誰が連絡したんですかね」父が言った。

「それが分からない」

「私は一郎兄さんからの電話で知ったわけですからね」

「俺だって、兄貴から聞くまではすっかり忘れていたよ」孝二郎伯父が言う。

「不思議ですね」

兄弟は首をかしげ、煙草《たばこ》を吹かした。手持ちぶさたの私は、酒を自分で注いで口にした。孝二郎伯父が「よう飲むなあ」と眩《まぶ》しそうな眼で私を見た。

○

京都における樋口家の開祖は、東京から移り住んだ樋口直次郎である。彼は東京で機械工学の勉強をしていたが、学校を出た後、京都滋賀の間で始まった琵琶湖疏水の掘削事業に技師として関わった。彼は私の高祖父《こう》ということになる。

明治維新後、東京へ天皇が移って、維新の混乱をひきずったまま京都はさびれつつあった。京都を工業都市として甦らせようと、様々な手が尽くされた。その中でおそらく最大の計画と言えるのが、琵琶湖疏水であろう。その後に第二疏水の建設などが続くが、第一疏水の建設だけでも明治十八年から二十三年までの五年の歳月を要した。

この工事の際、隧道《ずいどう》掘削の期間を短くするために、掘削予定のルートの途中にあらかじめ竪坑《たてこう》を掘るという手法が取られた。水脈に突き当たると大量の水が竪坑の中に溢《あふ》れ、人力では間に合わず、蒸気ポンプを使用するほかなかった。直次郎はそれらのポンプの整備を手伝っていたようである。琵琶湖疏水建設にまつわる数多い逸話の中で、湧《ゆう》水《すい》との戦いはことに有名で、ポンプ設置後に疲労困憊《こんぱい》した主任が竪坑に飛び込んで自殺した事件もあった。

直次郎が水が噴き出すランタンの明かりだけの現場でどういう働きをしていたのか、今となっては誰も知らない。自分たちの先祖について、曾祖父も祖父もほとんど語らなかったので、直次郎に関する逸話はひどく漠然としたものに限られる。あるいは、あまり語りたくない何かが直次郎の経歴の中にあったのかもしれない。

○

伯父たちの傍らに座り込みながら、私は暗く冷たい竪坑を思い描いていた。どこかで水音が聞こえるのは、近所の家で流し場か風呂《ふろ》を使っているためだろうと思われた。しかし割合そばに聞こえるその水音が徐々に私の想像上の明治、男たちがずぶ濡《ぬ》れになって立ち働く琵琶湖疏水建設の作業場に混じり込んできて、妙な臨場感が湧《わ》いてきた。深夜に至っても、まだ空気は首筋にまとわりつくように重く暑苦しかったが、脳裏にある黒々と深い竪坑とそこに満ちる水の幻影が私の背筋を冷やした。

「直次郎さんの掘り出した宝ねえ」

孝二郎伯父は真っ赤になった顔を両手でこすりながら、呟《つぶや》いた。

「芳蓮堂はそれを持ってくるんじゃないかと思ったわけだ」

弘一郎伯父はそう言ってから私の顔を見つめた。「何か親父から聞いてないか」

「いや、思い当たる節はないです」私は言った。

「どんな詰まらんことでもいいんだが」

「お前、親父のところへ独りで行ってたろう。あのとき、何かそういう話はしなかったか」父が言った。

「芳蓮堂の話なんか出なかったなあ」

「まあ、どっちにしろ芳蓮堂が来るまで何も分かりゃしない」孝二郎伯父が言った。

弘一郎伯父は胸ポケットから煙草を取り出して火を点《つ》けた。

「どうせなら百物語でもするかね」

「一つ終わるごとに蠟燭《ろうそく》を吹き消しますか」

「それもいいな。何かないかね。どうせなら親父にまつわる話がいいだろう」

「それじゃあ俺が初めて酔っぱらった日の話をしよう」

孝二郎伯父は言った。「初めて酒を呑《の》んだ日には親父と一緒だったからな」

「あ、その話、俺は聞いたな」弘一郎伯父が言った。

孝二郎伯父は一滴一滴を慈《いつく》しむように、酒を注いだ。

○

高等学校時代、孝二郎はかまぼこと呼ばれていた。分厚い眼鏡をかけて机にかじりついて教科書ばかり読んでいるから、級友たちがつけた渾名《あだな》である。同じ高等学校にいた弘一郎はそれを耳に入れてきて、さっそく家で吹聴《ふいちょう》した。

だんだんそのがむしゃらぶりに拍車がかかって、孝二郎は思い詰めた表情を見せるようになった。祖父は息子たちのやっていることなど意に介さないが、当時まだ屋敷に住んでいた和子さんは気を揉《も》んだ。伯父たちは幼い頃に母親を亡くしているから、家事を仕切る和子さんは母親代わりである。しかし和子さんが何を言っても、孝二郎は極端な刻苦勉励を止《や》めようとしないから、彼女は祖父に訴えた。しかし祖父にはとりつく島もなかった。兄の弘一郎も遠慮せず、食事もそうそうに自室へ引き上げる弟の背中へ「かまぼこ」と呼びかける始末だった。和子さんだけが孝二郎の身を気遣った。

高等学校二年の夏、孝二郎はぱったり倒れた。緊張の糸がぷつんと切れたらしい。布団《ふとん》から起き上がれなくなって、ぼうっと天井の木目ばかり眺めている。ようよう起き出しても、柱に背を凭《もた》せかけて、庭を眺めている。

じわじわと蟬時雨《せみしぐれ》の降る、よく晴れた日の午後であった。

祖父は放心状態にある孝二郎を連れて屋敷を出た。どこへ行くともなく言わない。着流し姿で悠然と歩く祖父のあとを、ひょろひょろした孝二郎が頼りない足取りでついて行く。祖父が持っている黒い洋杖《ステツキ》が午後の陽射《ひざ》しを受けててらてらと光る。二人は疏水沿いにゆっくり歩いて、鬱蒼《うつそう》とした木立ちを背負った南禅寺の境内に入った。蟬の声はいよいよ激しくなる。赤煉瓦《あかれんが》の水路閣が木立の奥にひっそりとあった。あの中には琵琶湖から来た水が滔々《とうとう》と流れているだろう、あそこに上って涼しい水の中へ身を投げ込んだらどんなものだろうと孝二郎は考えた。

南禅寺のそばにある寺のように古びて広い料亭らしいものへ、祖父は入っていった。そんな場所に足を踏み入れたことのない孝二郎はきょろきょろと四辺を見廻しながら後を追った。

案内されたのは、二階の広々とした座敷であった。窓が開け放してあって、欄干の向こうには料亭をくるむ木立の濃い緑が輝いていた。窓から入った涼しい風が、広々とした座敷を渡って廊下へさあさあと抜けていた。その座敷で、孝二郎は初めて酒を呑んだ。祖父がくいくいと盃《はい》を傾けるので、つられて呑むと、すぐに顔が熱くてたまらなくなって、息苦しくなった。そのくせ、首から上が宙に浮くような、愉快な感覚もあった。波に乗ったように、ゆらゆら頭を揺らしていると、祖父は珍しい動物でも見るような目つきをした。

やがて、和服姿の女性が静かに入ってきた。滑り抜けるようだったので、そばに来られるまで酔っぱらっている孝二郎は気づかなかった。彼女は差し向かいに座っている祖父と孝二郎のそばへやって来て座ると、丁寧にお辞儀をした。祖父は彼女にちらりと眼をやって、微《かす》かに頷《うなず》いた。孝二郎は思わず釣り込まれるように彼女の顔をまじまじと見つめた。白い頬に一筋の傷跡があって、それが痛々しくもあり、またかえって彼女の美しさを際《きわ》だたせているようにも思われた。

その座敷で祖父と孝二郎の傍らに座った女性が、二年後にこの屋敷で謎《なぞ》めいた死を遂げる花江さんであった。すなわち私の父の母親であり、祖父の二番目の妻である。

○

花江さんが祖父と結婚して、この屋敷へ入ったのは、孝二郎伯父が初めて酒を口にしたその日から、数ヶ月を経てからのことだった。伯父たちは驚いたが、彼女がすでに小学生になる息子を連れていたことに尚更《なおさら》驚いた。

琵琶湖畔にある町の生まれらしかったが、彼女が逢坂関《おうさかのせき》の向こう側に置いてきた過去については、ほとんど誰も知らない。祖父と和子さんはもちろん色々と知っていたろうが、伯父たちは何も知らされていないし、実の息子である父にも、自分の母親に関する知識が驚くほど欠落している。

もちろん、私は花江さんに会ったことがない。私の祖母になるが、父が子供の頃に亡《な》くなったのだから、彼女の印象は私の母よりも若い姿のままで、カチンと凍りついており、決して老いない。

彼女の写っている写真を一葉見たことがあったが、どこか淋《さみ》しそうな、ひんやりとした雰囲気があった。家族全員で撮った写真で、彼女の顔の造作を細かく見て取ることはできなかった。ただぼんやりとした印象だけがある。

○

父は煙草を吸いながら、庭の薄暗がりを眺めている。母親のことを考えているのかもしれなかった。父の吹き出す弱々しい煙が、縁側から入ってくる生ぬるい風に散らされた。酒は余っていたけれども、用意された食べ物はあらかたなくなった。

孝二郎伯父は、首まで真っ赤になって頰杖《ほおづえ》をついていた。

「花江さんは綺麗《きれい》な人だった」

弘一郎伯父は言った。「ちょっと神秘的で、静かな人だったな」

「怒られた記憶がないですよ」父が言った。

「怒るような人じゃあなかった。まあ、お前が大人しい子供だったというせいもあるが」

もともと屋敷の一切を取り仕切っていた和子さんは、初めのうち、花江さんにあまり良い感情を持っていなかった。和子さんがよそよそしいので、二人の伯父はなおさら花江さんと新しい弟に優しく接した。

「お前がなかなか慣れなくてねえ」

孝二郎伯父が頬杖をつきながら、くぐもった声で言った。

「仕方ないでしょう」父は苦笑した。「だいぶ年も離れていたんだし」

「花江さんが亡くなった後は、俺はそりゃあもう気をつかった」弘一郎伯父は言った。

「御世話になりました」父は頭を下げた。

弘一郎伯父は残り少なになった煮物を箸《はし》でつつきながら、「しかし、こんなことを言うのもあれだが」と呟いた。「花江さんが亡くなってから、ようやくお前は俺たちに馴染《なじ》んだような気がするなあ」

「そうかもしれません」父は頷いた。

「お前をあちこち遊びに連れて行ったろう。覚えているか」

「映画とかね、手品を見せてもらったこともありますね」

「そうそう。その頃、俺が手品に凝っていた」孝二郎伯父が懐《なつ》かしそうに言う。

「あと、酒場にも連れて行かれたことがありますね」

弘一郎伯父はにやにや笑った。

「酒場に連れて行ったときには、親父に怒られたなあ。親父はお前には甘かったから」

「そうでしょうか」

「甘かった。お前は気づいてないかもしれんが、お前には甘かった」

父は微笑《ほほえ》んだだけで、否定しなかった。

「そういえば街に出た帰りに、お前がげろを吐いたことがあって、往生した」

「そんなことありましたっけ」

父は首をかしげながら祭壇を見て、「あ」と言った。線香が足りなくなっていた。

弘一郎伯父は新しい線香を出しながら、「あったじゃないか」と憮《ぶ》然《ぜん》として言った。「花江さんが亡くなった年の暮れだった」

○

弘一郎は帰省しており、街へ遊びに出たり、茂雄の勉強を見てやったりして、暢気《のんき》に日を送っていた。孝二郎は九州に帰省する学友にくっついて旅に出かけていた。彼は大晦日《おおみそか》まで帰ってこない予定であったから、屋敷にいるのは祖父と和子さん、茂雄と弘一郎の四人だけであった。その年の夏に花江さんが亡くなって以来、祖父はたいていい出かけていて、そうでなければ書斎に籠《こ》もることが多かった。和子さんが引退して親戚《しんせき》の家に移るという算段をしていたのもその頃である。弘一郎は彼なりに茂雄の気が晴れるように気を遣った。吉田山へ兎狩《うさぎが》りに行ったり、連れだって街へ出た。彼は大学で出会った風変わりな連中のことを喋《しゃべ》って茂雄を笑わせた。

その日、茂雄と弘一郎は新京極まで映画を観《み》に出かけた。

弘一郎は当時、文学にかぶれていたから、街へ出たついでに茂雄を引っ張り回して本屋を巡り、難しい翻訳小説を何冊か買い込んだ。彼はそういった本で得た文学的表現を使って、小説など一切読まない孝二郎を煙に巻いて面白がることがあった。いい加減にくたびれてしまった茂雄をなだめるために弘一郎は饂飩《うどん》を奢《おご》った。

帰途、二人は岡崎を回った。平安神宮の参道を横切り、疏水《そすい》沿いを南禅寺に向かって歩いた。南禅寺の向こうには、紅葉もすっかり色褪《いろあ》せて寒々しい山々が見えた。左手には濁った疏水がゆっくり流れていた。

船溜《だ》まりのかたわらに来た頃、茂雄がふいにしゃがみ込んだ。靴紐《くつひも》が解《ほど》けたのかと思って弘一郎が立ち止まるなり、茂雄は「げえ」と大きな音を立てて吐いた。慌《あわ》てて弘一郎が傍らにしゃがみこむと、茂雄は紙のように白い顔をして、片手をついて、何度もえずいた。路上に落ちた吐瀉物《としゃぶつ》が湯気を上げた。こういうことになると、ふだんは何にでも平気な顔をしている弘一郎も混乱してしまい、どうすれば良いのか分からなかった。ともかく茂雄の嘔吐《おうと》が落ち着くのを見計らってから、抱きかかえるようにして、南禅寺のそばにあった茶店に駆け込んだ。

店の人が、真っ青な茂雄の顔を見て心配し、白湯《さゆ》を持ってきてくれた。弘一郎は映画館の空気が良くなかったのか、古本屋のストーブが効き過ぎていたのか、あるいは饂飩屋でおかしなものを食べたのか、あれこれ思い当たるものを探ってみたものの、結局分からなかった。やがて茂雄は店の人が出してくれた小さな梅干をつまみ、緑茶を啜《すす》った。ようやく頬に血の気が戻ってきた。

俺が引っぱり廻したのが悪かった、と弘一郎は反省した。

○

樋口直次郎はまだ疏水が完成しないうちに手を引いて、さっさと事業家に転身したが、初めてやって来た京都で唐突に事業を始めた理由も分からなければ、そもそも若い身で資金をどうやって工面したのかも分からない。東京にある本家とは直次郎の時代に絶縁してしまったというが、それも良い印象を与えない。私が勝手に夢想する樋口直次郎は、剃刀《かみそり》のように頭のキレるいけすかない若者であると同時に、ひどく大胆で無頼なところがある。その印象は私にとっての明治という時代の印象でもある。

直次郎は明治三十年、鹿ヶ谷に居を構えた。この屋敷は長年に亘《わた》って改築されているからまったく同じ建物というわけではないが、曾祖《そうそ》父《ふ》が晩年を過ごして和子さんが起居した北の六畳間は、百年前の姿をほぼ残しているらしい。

彼はやがて事業を息子に任せたが、自分を取り巻く人々への影響力を失わないままに長生きした。直次郎には鷹揚《おうよう》なところがあって、屋敷にはつねに書生や居候《いそうろう》がおり、俠客《きょうかく》から芸術家、政治家まで様々な人物が出入りした。屋敷で宴会を開くこともよくあった。

大正の終わり、直次郎は今までにない盛大かつ奇妙な大宴会を開いて、近隣の人々を驚かせた。その詳細を我々は知らない。我々が知り得るのは、ただ曾祖父が戦時中に直次郎の大宴会を模倣したということのみである。その曾祖父の宴会にまつわる断片的なイメージを踏み台にして、直次郎の大宴会へと想像の手を伸ばすほかない。

直次郎はその大宴会で死神を持てなしたと、後になって言われた。宴会からひと月も経ない頃、直次郎は髙島屋で開催された展覧会へ出かけた。その帰途、彼は南禅寺境内で倒れ、急逝《きゅうせい》した。

○

花江さんが亡くなった翌年、庭のしだれ桜が盛大に花弁を散らす頃に、和子さんは、大阪の堺《さかい》に住む妹の家族のもとへ移った。長年住み慣れた屋敷を離れることになっても、彼女の堅い石のような表情は乱れなかった。門前に立った彼女は屋敷を振り返り、二階にある書斎に籠もって姿の見えない祖父に向かって頭を下げた。

彼女は弘一郎たちがまだ幼い頃からなにくれとなく世話を焼いてくれた。茂雄もまだ幼いのだし、今屋敷を出るのはずいぶん無理な話だと彼らは思った。しかし万事は彼女と祖父の間で決められているらしかった。

弘一郎と孝二郎は大阪へ向かう和子さんを街まで送って行った。あれこれと埒《らち》もない想《おも》い出《で》話をしながら、彼らは春の陽気に霞《かす》む町を歩いた。岡崎の疏水のかたわらを歩いているときに、弘一郎は前年の冬にこの道を歩いていて茂雄が吐いた話をした。

四条河原町から電車に乗るはずだったが、和子さんは弘一郎たちを食事に誘った。三人は河原町にある一軒の店に入った。席についた後、和子さんがふいに険しい顔をした。

溺《おぼ》れる夢を見たことがあるか、と彼女は訊《たず》ねた。彼らは頷いた。彼女は顔をいっそう暗くして、その夢を見たあとに身体《からだ》が生臭い気がしたり、誰かに見られているような気がしたことはないかと言った。弘一郎たちにはよく分からなかったが、彼女はそれを非常に重大なことと考えているらしかった。語るにつれて、彼女の顔はまるで湖に沈む彫像のような翳《かげ》りを帯びた。

本当は屋敷を離れたくはないが、もう我慢ができない。あの屋敷には何かが棲《す》んでいる。それは自分が屋敷に入った頃から感じられたが、花江さんがやって来て以来ますますひどくなった。よく溺れる夢を見て、深夜に眼を覚ますと、どこからか水の音がする。それに耳を澄ましていると、なんだか深く澱《よど》んだ水の底から怪しい獣のような何かがじっと自分を見つめている気がする、それがどうしても我慢ならないのだ。

そう彼女は語った。

「花江さんもそれに殺されたのです」

彼女は思い詰めたように言い、弘一郎たちを驚かせた。しかし詳しいことを訊ねようとすると、彼女はただそう感じるのだとしか言わなかった。

弘一郎も孝二郎も、和子さんは花江さんの死に衝撃を受けて神経が過敏になっているのではないかと考えた。その怪談めいた話は、彼らが信頼してきた和子さんには似つかわしくなかった。

早く屋敷を出なさい、一人立ちなさいと彼女は言い聞かせた。

薄暗い定食屋は、混み合って人声がうるさかったが、弘一郎たちは和子さんの話を釣り込まれるように聞いていた。和子さんはそういった奇怪な打ち明け話をすることに戸惑いを感じているようでもあったし、不思議な高揚感にとらわれているようにも見えた。弘一郎たちには、彼女と自分たちの座る一角だけが、ひんやりとした何かに包まれているように感じられた。

奇妙な言葉を残したまま、和子さんは京都を去った。

彼女は二度と屋敷を訪れなかった。

○

溺れる夢については、私も思い当たることがある。

曾祖父が燃え尽きた灰のようにうずくまり、和子さんが暮らしたという北の古い六畳間は、物置になっていた。幾つかの和簞笥《わだんす》と並んで、観音開きの古い書棚があり、弘一郎伯父が学生時代に溜め込んだ文学書や思想書が詰め込まれていた。しばしば、私はそこから本を抜き出してめくった。染《し》みができた古本の匂《にお》いと、黄ばんで柔らかくなった紙の感触を覚えている。小学生や中学生の頭でそんな難しい本が分かるわけもなく、私は弘一郎伯父が引いたらしい色褪せた傍線を見つけては、その文章を読んだ。ほとんど覚えていないけれども、仰々しい文句の傍らに、弘一郎伯父はせっせと線を引いていた。

小学生の頃、寝ころびながら古い本をめくっているうちに眠くなって、うつらうつらしたのであろう。ちょうど金縛りにあう時のように耳元で大きな物音がするのだが、激しい水が泡立っているようにも聞こえる。急に溺れたような感覚に襲われて、口を金魚のようにぱくぱくさせながら起きあがった。

天井がなんだか明るかった。光の縞《しま》が天井いっぱいに広がって揺れており、まるで水底《みなそこ》に横になって水面を見上げている気がした。しかしその光がどこから来るのか分からなかった。私は気持ちが悪くなって、家族のいる部屋へ戻った。

○

柱時計が十二時をさした。時を告げる音が響いた。

孝二郎伯父は、痩《や》せた背を曲げて居眠りをしていた。白髪が乱れ、眼鏡がずり落ちていた。弘一郎伯父が指さしながら「寝ちまった」と囁《ささや》くと、孝二郎伯父は抗議するようなうなり声を漏らしたが、しゃんと眼を覚ます気配はなかった。

弘一郎伯父の顔もすっかり赤くなって、額に浮き出した汗が蛍光灯の明かりを浴びてテラテラと光った。伯父はズボンから白いハンカチを取り出して顔を拭《ぬぐ》った。

「うご」と、ふいに孝二郎伯父が大きく呻《うめ》いた。

「起きたか」

孝二郎伯父は「俺はずうっと起きてたがな」とふて腐れたように言い、それからぼんやりした目つきで柱時計を見上げた。ゆらゆらと微《かす》かに頭が揺れていて、焦点を合わせるのにも苦労をしているようであった。

「もう十二時を回ってるじゃないか、骨董屋《こっとう》はまだ来ないか」

「今夜はお流れかもしれんな」

「けしからん」

孝二郎伯父はゆらりと立ち上がった。苦しげな息づかいをして畳を踏みしめたあと、頼りない足取りで歩み始めた。そのまま祭壇に突っ込むかと思って我々は慌てたが、伯父はすんでのところで踏みとどまって祖父に向かって御辞儀し、襖《ふすま》の方へ歩き始めた。

「大丈夫ですか」と父が伯父の背中へ声をかけた。

「喉《のど》が渇いた。水が飲みたい」

「俺も飲みたい。茶か何かあったら持って来い」弘一郎伯父が声をかけた。

孝二郎伯父は分かったのか分かっていないのか判然と示さないまま、襖を開けて暗い廊下へ滑り出ていった。

「大丈夫かねえ」

「かなり酔ってますね」

二人は心配そうに言ったが、面倒らしく、席を立ってついて行ってやろうという気はないらしかった。我々は、孝二郎伯父の不規則な足音が廊下を奥へ進んでいくのに耳を澄ました。父が煙草《たばこ》に火を点《つ》けると、弘一郎伯父が「酔い覚めの水飲みたさに酒を呑《の》み」と思い出したように口ずさんだ。

「なんですかそりゃあ」父がぽわあと煙を吐いた。

「酒呑みが言うじゃないか」

「親父《おやじ》が言ったんですか」

「いや、親父はそんなこと言わなかったが、死ぬ前に水ばかり飲んでたろう。あれを思い出していた。あれも酔い覚めの水だったのかね」

「水を飲むのもそうですが、色々と妙なことがありましたね」

父が考え込みながら言った。「大宴会とか」

「あれは未《いま》だに謎《なぞ》だわなあ」

伯父は顔をしかめた。

○

祖父の「大宴会」が行われたのは、梅雨が明け切らない七月のはじめだった。

深夜、久谷さんが屋敷を通り掛かって、蕭条《しょうじょう》と降る雨の中に明るい光が漏れているのを見た。普段ならば明かりが落ちている時刻なので、久谷老人は不思議に思って立ち止まった。屋敷はぎらぎらと明るいばかりで森閑としていた。

翌朝やって来た美里さんは、二階の洋間にて、店から取り寄せたらしいたくさんの西洋料理と酒の残りを見つけた。祖父に尋ねたが、「知らない」と突っぱねられた。おおかた親族が来たのだろうと彼女は考え、電話で確認してみたが、その夜は誰も訪ねていなかった。我が家にも電話が掛かってきて、父が首をひねっていたのを思い出す。

洋間のテーブルに並んだ料理の残りから考えても、想像される宴会は絢爛《けんらん》たるものだった。祖父が一人で腹におさめたとは到底考えられない。楕円《だえん》を成すテーブルの真ん中に置かれた青磁の大皿には、まるで標本のように美しい大きな魚の骨があった。それを囲むようにして料理が並んだらしかった。

久谷さんは前日の深夜、暗い雨の中に煌々《こうこう》と輝く屋敷を見ている。幾人かの人間がこの洋間で一堂に会したのではないかと誰もが考えた。しかし、祖父がその夜、誰を持てなしたのか、ついに分からなかった。父や伯父たちは不穏な思いを抱いた。戦争がだんだん激しさを増してゆく最中に曾祖父が催したという大宴会を連想したのである。

父たちは久谷さんから、曾祖父の「大宴会」の思い出を聞いた。

蛙《かえる》や鯰《なまず》などの奇怪な絵を描いた大提灯《おおちょうちん》が庭に吊《つ》るされ、屋敷には淫《いん》猥《わい》な赤い光が満ちた。顔に白布を巻きつけた芸妓や、龍《りゅう》の刺青《いれずみ》を持つ占術師が招かれた。夜陰に紛れて天狗《てんぐ》や狐《きつね》の面をつけた男たちが出入した。詳しいことは語り伝えられていないが、曾祖父の父親である直次郎も大正末にそういう大宴会を催したことがあって、曾祖父はそれを再現して見せたのだという。しかし、それは単純な遊びにはとどまらず、彼が徐々に狂気に陥って、孤立してゆくきっかけとなった。

祖父の宴会がその不気味な系譜に連なるものなのかどうか、私には分からなかった。曾祖父や直次郎の宴会が毒々しいながらもきらびやかであったと思われるのに、祖父のそれはあまりにも静かで孤独だったからである。

ただ、祖父が吸い寄せられるように死に近づき始めたのは、その宴会があってからであった。ただでさえ恐ろしい眼をますます光らせ、しょっちゅう癇癪《かんしゃく》を起こすようになって、美里さんを困らせた。

祖父はしきりに渇きを訴えるようになった。酒を呑まなくなり、水ばかりを飲むようになった。それは弘一郎伯父の言ったように、「酔い覚めの水」を思わせる。生涯に亘《わた》って淡々と飲み続けた酒の酔いを覚ますために、琵琶湖一杯分もの水を飲み干そうとしているかのようであった。

○

その年の八月、私は祖父の屋敷を訪ねた。

バスから降りて家並みを抜けて行くだけで、頬がびっしょりと汗に濡《ぬ》れた。濃い日光から逃れて屋敷へ滑り込むと、いつもよりずっと暗く感じられた。美里さんが玄関で出迎えてくれたが、祖父は昼寝をしている最中だと言った。

食堂で美里さんと一緒にアイスクリームを食べた。食堂は花江さんが来たときに新しく作ったので、この屋敷では一番新しい一角になる。冷房を効かせているわけでもないのに、この部屋はいつも涼しかった。白いタイル張りの床のせいかもしれない。東に面した横長の硝子《ガラス》窓が網戸にしてあって、気怠《けだる》い午後の光が見えた。

「お祖父《じい》さんの調子、どう」私は訊ねた。

「あんまり良くないね」

美里さんは歳《とし》が離れているけれども、従兄従姉《いとこ》の間ではもっとも親しみ易《やす》い人である。幼い頃にもよく遊んで貰《もら》った記憶がある。彼女は孝二郎伯父から教わった手品を私に見せてからかうのが好きであった。

アイスクリームを舐《な》めながら、彼女は祖父の大宴会の顚末《てんまつ》を話してくれた。二人で色々と考えを巡らせたが、父や伯父たちにも分からないことが我々に分かるはずもなかった。彼女は薄暗い洋間で晩餐《ばんさん》の残りを見つけたときの驚きを語った。「なんだかねえ、知らない人がたくさん屋敷にいるみたいな気がして気持ちが悪くって」と彼女は言った。

私は、がらんとした屋敷に祖父と二人だけで過ごす彼女の苦労を想《おも》った。

「大変ですね」

「いいわ。どうせ暇な身だし。親孝行、祖父孝行だし」彼女は笑ったが「でもねえ、ときどき、お祖父さんが怖くって」と呟《つぶや》いた。

「叱《しか》られる怖さじゃなくて、なんだか不気味な感じ」

「なぜ」

「私を花江さんと間違えたりするんだけど、それがこう、鬼気迫る感じなの。廊下でいっぺん、後ろから抱きすくめられたことがあるわ」

「だって、花江さんと美里さんじゃあ」

私が言うと、彼女は笑った。

「全然違うでしょう。だから顔を見たら、すぐにお祖父さんも我に返った」

一番困るのは祖父が水ばかり欲しがることだと彼女は言った。幾ら汲《く》んで瓶に入れておいても、祖父はたちまち飲み干してしまう。そして水が不味《まず》いという不平を繰り返す。彼女は夕食の準備をして帰宅する前に必ず、祖父が寝起きしている書斎に市販の水を詰め替えた硝子の大瓶を二つ置いておくが、翌朝に来ると二つとも空になっている。

「矢野先生に相談してみたけどねえ」

それから彼女は口をつぐみ、外の蟬時雨《せみしぐれ》に耳を澄ました。私はアイスクリームを食べ終わって、麦茶を飲んだ。

「ほかにも色々不思議なことがあるよ。宴会だけじゃなくて」

彼女は言った。「ちょっとおいで」

我々は立ち上がった。食堂から出て、中庭を巡る廊下を伝って歩いた。北の座敷までやって来ると、中からきらきらと光が瞬《また》いている。

「ん」と私が声を上げると、彼女はやや真剣な顔をして私を座敷の中へ促した。

西に面した広い窓の障子が、白く輝いていた。座敷の畳いっぱいに、水のたっぷり入った大小形状様々の器が、無造作に並べられていた。それらの水が光を反射して、座敷中が輝いていた。座敷の天井がやわらかな水面《みなも》のように揺れていた。それはまるで、この座敷全体が、明るい日光のさしこむ静かな湖の底に水没しているかのようだった。

私はあっけにとられて、思わず座敷に踏み込んでいた。たくさんの器を蹴飛《けと》ばさないように歩いた。それらは美しい水に満たされていた。塵《ちり》ひとつ浮かんでいなかった。

「今朝来たら、こうなってた」

美里さんは言った。「お祖父さんがやったんだわ」

「なぜ」

「さあね」彼女は両手を腰に当てて仁王立ちし、溜息《ためいき》をついた。「おまじないかな」

私は天井を見上げた。そこでゆらゆらと揺れる光は、いつか見たような気がした。

そうやってしばらく唖然《あぜん》としていた。ふいに、中庭の社と竹藪《たけやぶ》の隙《すき》間《ま》に誰か小さな人が立っていることに気づいた。心臓が一瞬早鐘を打った。恐る恐る眼を遣《や》って良く見ると、中庭の向こう側の廊下に立っている祖父の姿だと分かった。祖父は廊下に面した襖の前に立ち、恐ろしい眼をして我々を睨《にら》んでいた。その襖の向こう側にはやがて祖父の祭壇が置かれ、我々が酒を酌《く》み交わすことになる。

○

「家宝ですが、蔵にあるとは限らんでしょう。あの中庭は考えなかったんですか」

父がふいに訊《たず》ねた。

弘一郎伯父は苦笑いして「もちろん考えたがな」と言った。「親父は守り神だと言ったわけだから。しかし、親父があれだけ大事にしてる場所を掘り返すわけにもいかん」

「そんなことしたら大騒ぎだったでしょうね」

「今だったら出来る」

「まあ、芳蓮堂の持ってくるものを見てから」

「そうだな」

父は自分の盃《さかずき》に酒を注ぎ、弘一郎伯父にもすすめた。「いやあ、もう」と伯父は断った。

「ずっと長い間、気になっていたんですが、あの中庭に社があるでしょう。そもそも、あそこは何を祀《まつ》ってあるんですかね」

「いや。俺も知らないのだ」

弘一郎伯父は目蓋《まぶた》を閉じたまま、唸《うな》るように言った。

ちょうど祖父の祭壇が背にした襖の向こう側に中庭がある。竹が生えているほかは、ほとんど何も植えられていない。柔らかそうな緑の苔《こけ》が一面を覆《おお》っていて、私は幼い頃、その緑の絨毯《じゅうたん》を撫《な》でてみたいと思っていた。

その中庭に、竹藪を背にした小さな社があった。幼い頃、廊下の硝子窓から、祖父が苔の間にある踏み石を伝って、社へ供え物を持って行くのをよく眺めていた。顔を引き締めて社に参っている祖父は、いつにも増して近寄りがたく見えた。光があまり入らない中庭は、早朝などには水に沈んだように薄暗く冷え冷えとしている。その中に立つ祖父は、目と鼻の先にいるにもかかわらず、別世界の一角に立っているように思われた。

祖父はその中庭が踏み荒らされるのを嫌った。従兄《いとこ》の一人がそこへ入って社を眺めているところを祖父に見つかって、物も言わずに張り飛ばされるのを見たことがある。その従兄は以後、今日の通夜《つや》まで、祖父の屋敷に一度も来なかった。いくら家宝に興味が湧《わ》いたとは言え、伯父たちが中庭に踏み込むのをためらったのは当然だろうと思われた。

「なんでもこの屋敷が建てられた頃からあるそうだ」

「そんなに古いんですか」私は言った。

「あれは直次郎さんが勧請《かんじよう》したという話だ。親父に参らされた時に良く見たけれども、何を祀ってるか分からんかった」伯父は言った。

父はしばらく考え込んでから、「あの中庭は、なんだか苦手でしてね」と言った。

○

高校生の頃、父が人魚にまつわる想い出について語ったときのことを、よく覚えている。父がそんな風に童話めいたことを口にするのは珍しいことであったし、その人魚にまつわる曖昧《あいまい》な記憶が、父の胸のうちにある数少ない母親の想い出と絡《から》まっていたせいでもある。花江さんのことを思い浮かべると、糸につながって浮かびあがるように、藍色《あいいろ》の水面に突き立っている竹や、水底で朽ちていく古い社の幻像が目の前に浮かぶ。

夏休みに祖父の屋敷へやって来ていた。我々家族がいつも泊まる一階西側の座敷に、私と父は二人で座っていた。祖父の世話をしている美里さんが休みを取っていたから、母が夕食の買い物に出かけていたのだろうと思う。東側の廊下に面した襖《ふすま》を開けると、中庭がある。父が食堂から持ってきたカルピスを二人で啜《すす》りながら、我々は襖を開けはなして中庭を眺めていた。西に面した窓の外、蔵の脇《わき》にある木立から蟬の声が網戸越しに流れ込んできた。空は今にも雨が降り出しそうに翳《かげ》って、蒸し暑かった。水に沈んだように薄暗い中庭の社や竹藪を見ているとき、父がぽつぽつ語り出した。

父の母親の故郷は、琵琶湖の南のほとりだったそうである。京都との境になる山々のふもと、複雑に入り組んだ山裾《やますそ》が湖畔に向かって延びたところで、小さな村はその山裾の皺《しわ》の合間に押し込められるようにしてあった。はっきりとした場所は分からないが、浜大津の近くであろう。

花江さんは何度か幼い父に、自分の故郷について語ってくれたらしい。山へと連なってゆく西の斜面には鬱蒼《うっそう》とした竹林が続いている。その竹林を抜けて行くと、唐突に池が現れる。池のぐるりを取り囲む孟宗竹《もうそうちく》の藪が、暗い水面に落ち込みそうになっている不気味な場所で、烏《からす》の声さえせず、たいてい森閑としている。風の強い日などには竹の幹が擦れ合うぎちぎちという音があたり一杯に響いて、何か大きなものが池の底で蠢《うごめ》いているようだったそうだ。

その池の底には、竹林に囲まれた一つの神社がまるまる沈んでいるのだと花江さんは言った。彼女が生まれるよりもずっと前に、村人たちがある良くないことをして、そのために水の神様が一夜にして社を水底へ沈めてしまった。そのとき社には夜陰にまぎれて逢《あ》い引きをしていた若い男女がいて、男の方は逃げ出すことができたけれども、娘は湧き出る水に呑《の》まれて溺《おぼ》れ死んでしまった。水は冷たくて暗いけれども、底まで潜ると社がまだ残っていて、そのまわりには竹林が茂っている。溺れ死んだ娘は人魚となって、水に沈んだ竹の幹の間をひっそりと泳いでいるのである。その娘は神様の怒りを鎮《しず》めるための人身《ひとみ》御供《ごくう》になったのだろうと花江さんは言った。

「子供の頃、その話がよっぽど怖かったんだろう、何度も夢に出た」

父はカルピスを啜って苦笑した。

「最近はあまり見ないが、昔はそういう夢をよく見た。俺が暗い池に落ちる。溺れながら目を開けると、俺の前を人魚が泳いでいる。しかも後から思い出すと、その人魚が母親の顔をしていた気がするのだ」

○

父が弘一郎伯父に向かって、その昔話を繰り返した。

「そう言われれば、あの中庭はその話を連想させる」伯父は頷《うなず》いた。

「でも、よく考えてみれば話の順序が逆ということも考えられますね。母の昔話を聞きながらあの中庭を見ていたせいで、その昔話の風景があの中庭になったという考え方もできる」

「ふうん。しかし、なんとなく、花江さんらしい話だね」

その途端、暗い板廊下に何か重い物が落ちる大きな音がした。

我々三人は飛び上がるほど驚いた。揃《そろ》って張りつめた顔をして襖を睨んだが、それきり音がしない。しんしんと静けさだけが深まってゆくように思われた。

「なんだろう」

弘一郎伯父が小さな声で言った。「なんでしょう」と父が繰り返した。

「見てこい」

すでに父も酔いが回っていて、少々千鳥足ながら祭壇の前を横切った。襖を開いて、廊下に顔を出すなり、父は「うう」とくぐもった悲鳴を上げて首を引っ込めるようにしたが、すぐに「何でそんなところに立ってるんです」と暗い廊下へ呼び掛けた。「びっくりするでしょうが」

弘一郎伯父が「なんだい。孝二郎か」と詰まらなそうに言った。

「どうしたんです」と父が呼び掛けているが、孝二郎伯父は座敷に入って来ない。父が「ほらほら、酔ってるんですか」と言いながら廊下へ出て行った。「なんですか、そんな顔をして睨んで」「うう」「ここがこんなに濡《ぬ》れてるじゃないですか」

弘一郎伯父は酒杯を舐めるばかりで、手伝いに行こうとしない。

「世話の焼けるやっちゃ」

私が腰を上げかけた途端、父が鈍く光る薬缶《やかん》と湯呑みを手に持ち、孝二郎伯父を押し込むようにして座敷に入ってきた。孝二郎伯父は探るような目つきで我々を見回し、それから祭壇を一瞥《いちべつ》した。その目つきがひどく気味が悪そうだったので、こちらまで背筋がひやりとした。しかし祭壇には別段変わったところは見られなかった。伯父は二の足を踏んでいたが、父に背中を押されて、ようよう我々のそばへやってきた。縁側の方に寄って腰を下ろした。

「酔っとるのか。しっかりしろ」

弘一郎伯父が孝二郎伯父の肩を叩《たた》いた。

「まったく、びっくりした」父は薬缶から湯呑みに茶を注《つ》ぎながら言った。「あんな暗いところで、物凄《ものすご》い顔をして立ってるもんだから。親父《おやじ》の幽霊かと思った」

父がそう言うと、孝二郎伯父は父の方を窺《うかが》うように見た。

○

初代の樋口直次郎には二人の息子と一人の娘がいて、大阪の堺の方へ嫁に行ったその娘の孫が和子さんということになるらしい。長男は病気で亡《な》くなって、次男が事業の一切を引き継いだ。これが曾祖父《そうそふ》である。

直次郎から曾祖父の時代までは染色工場をやっていた。二階の洋間にはよく京都に住む画家や学者やらが訪れた。曾祖父は骨董《こっとう》道楽に耽《ふけ》り、あちこちの骨董屋から買い集めた。やがて彼は本来の事業から離れ、西陣織り業に横から首を突っ込み始め、色々と面倒事を起こした。その上、当時の奢侈《しゃし》禁止の風潮で西陣織りが打撃を受けた煽《あお》りを食って、大損害を受けた。

そのまま曾祖父は言《は》い出すことのできない暗い泥沼の中へもぐり込んだ。それは直次郎を真似《まね》た奇怪な大宴会を開いて問題を起こしたことに始まる。帯をだらりと下げた姿のまま北白川の田んぼの畦道《あぜみち》を歩き廻ったり、疏水《そすい》に飛び込んで引き上げられたりした。出入りしていた画家に曾祖父が嚙《か》みついて耳を食いちぎったとか、屋敷で飼われている怪物が夜な夜な遠吠《とおぼ》えするという噂《うわさ》も流れた。かつては屋敷に出入りしていた著名な人々も顔を見せなくなった。

曾祖父はただでさえ目利《めき》きとは言えなかった骨董道楽にますます耽るようになった。彼が好んだのは硝子《ガラス》、彫刻、漆器など様々だが、わけても執拗《しつよう》にこだわったのは龍《りゅう》にまつわる品であった。龍ということになると見境がないから、それを聞きつけた胡散《うさん》臭い骨董屋までが足《あし》繁《しげ》く屋敷へ通うようになり、蔵には節操のない蒐集品《しゅうしゅうひん》が積み上げられた。曾祖父の死後、芳蓮堂に売られる品々である。

伯父たちが小学生の頃、曾祖父は屋敷の一隅で生きていた。自分から実権を奪った祖父を恨んでいるのか、あるいは何もかも物憂《ものう》いのか、口をきかなかった。不摂生と鬱屈を練って固めたように、顔は灰の塊のような色をしていた。幼い伯父たちは曾祖父のそばへ寄るのを怖がり、それがますます曾祖父を孤独と鬱屈に耽らせた。曾祖父は酒豪であったが、軟禁されて以来酒も禁じられ、煎茶《せんちゃ》に角砂糖を溶かして飲んだ。

北にある古い六畳間にうずくまって動かず、暗いぼんやりとした眼で中庭を眺め、砂糖入りの煎茶を舐《な》める。それが、伯父たちの脳裏に明瞭《めいりよう》に刻まれた曾祖父の姿である。伯父たちが中学校へ進むよりも前に、彼はそのまま溶けるように亡くなった。

○

庭池の端には、明治時代のガス燈を思わせる古風な電燈がある。戦前に我が世の春を謳歌《おうか》していた曾祖父が特別に作らせた電燈を、修繕して使用しているものだ。支柱には天に向かって駆け上る龍が彫り込んである。小さな明かりなので庭を隈無《くまな》く照らすというわけにはいかず、ところどころ闇《やみ》が深くなっていた。庭に面した硝子戸は開け放ってあるので、その闇の方から、生温い風が座敷に入り込んでくるようだった。

孝二郎伯父がなんだか妙な眼つきをしていた。弘一郎伯父が危なっかしい手つきで蚊取り線香を交換した。

「水道が出ん」と孝二郎伯父が呟《つぶや》いた。「断水かね」

「そんな話は聞いてないが」弘一郎伯父が言う。

父が薬缶から茶を注ぎながら「このお茶はどうしました」と尋ねると、「美里さんが用意しておいてくれたんじゃないか。食堂にあった」と孝二郎伯父は言った。

「ちょっと妙な匂《にお》いがする」父は言った。「あんまり飲まない方がいいかもしれない」

「きっと漢方薬が入ってるんだ」弘一郎伯父はこともなげに言った。

柱時計は十二時半を指している。

「酔うた酔うた」苦しげな息を吐きながら、弘一郎伯父が言った。「俺が食堂へ行っているあいだ、何の話をしていた」

孝二郎伯父が真剣な口調で尋ねた。「俺のことを喋《しゃべ》ったか」

「二郎兄さんの悪口なんか、言いやしませんよ」

「じゃあ何の話をしてた」

「おいおい、絡むな」弘一郎伯父が窘《たしな》めた。

「違う」

孝二郎伯父はゆっくりと首を振ったが、身体《からだ》までゆらゆらと揺れていた。酔いで散らされてしまった思考を、なんとか固めようとしていることが見て取れた。「あいつには酒の味は分からないって言ったろう」と彼はうめくように言った。

「そんなこと言ったかいな」

「あれだけ簡単に酔っぱらって、酒の味が分かるはずがないって」

「いや、俺たちがそんなこと言うものか」弘一郎伯父が腹立たしそうに言った。

「兄貴らがそう言ってたとは言わん」

「何のこっちゃ」

「あれは親父の声だった」

孝二郎伯父はそう言って、祭壇の方へ眼をやった。

「この酔っぱらいめ。親父殿はそこでずうっと死んどるがな」

「いいや、あれは、親父だった。間違えるもんか」

「我々の声を聞き違えたんでしょうよ」

「しかし、お前らはそんな話してないって、今言ったじゃないか」

「わけの分からんこと言うな。阿呆《あほ》らしい」

「酔ってるんですよ」父は優しく言った。

「お前、ちょっと庭に出て酔いをさまして来い」

弘一郎伯父が命令口調で言うと、孝二郎伯父は素直に立ち上がった。そのまま縁側の方へよろめいて行って、御影石《みかげいし》の上にあるつっかけをさぐっているらしい。「池で溺れるんじゃないぞ」弘一郎伯父が茶化した。「あんなしょうもない池で溺れてたまるか」孝二郎伯父は言い返して、ぼんやりとした明かりに照らされる庭へ出て行った。

「まったく、気色の悪いことを言いやがる」

弘一郎伯父は茶を啜って顔をしかめながら言った。

「でも、確かに気配みたいなもんを感じませんか」

父は祭壇の方を見ずに、ただ顎《あご》を動かして示した。「いや、気配というような柔らかいものじゃない。睨《にら》まれてる感じがする」

父は静かに言った。

弘一郎伯父も渋々認めたが、祭壇の方を見上げようとはしなかった。

なんだか屋敷の静けさが身に染《し》みるようであった。ほかの部屋で寝ているはずの母や伯母やいとこたちの気配が感じられない。我々四人だけが広くがらんとした屋敷の片隅に置き去りにされているような気がした。

○

私は廊下に出た。玄関に置いてある丸行燈《まるあんどん》の形をした電燈の明かりがうっすらと流れてくるだけで、板張りの廊下は暗かった。なるべく頭を空にして、いらぬ物事を想像しないように気をつけた。

便所は青いタイル張りでひんやりとしていた。眼の先にある小さな曇り硝子の窓を見つめた。用を足し終わって、水を流した。手を洗おうとすると蛇口から水が出なかった。伯父が「断水かね」と言ったことを思い出した。そのくせ便所から出ると、どこからか水の落ちる音が聞こえてきた。

父が言っていた感覚は私にもよく分かった。なぜ誰かに見られている気がするのか。

食堂のところで折れて、中庭を巡る廊下の暗がりへと眼をやった。このまま部屋へ引き上げて寝てしまおうかとも思ったが、何か胸がざわざわして眠れそうもなかった。

私は想像の中で、屋敷の中をのびる薄暗い廊下を辿《たど》った。たびたび聞こえる、あの水音のせいかもしれない、屋敷のどこかで暗い水が澱《よど》んでいる光景が思い浮かんだ。屋敷を去る日、和子さんが伯父たちに話したことが思い出された。澱んだ水の底へ何者かが身を沈めて、我々を窺っている。その眼の光は獣のようだ。熱に浮かされ、渇きに苦しむ、周囲への傍若無人な怒りに満ちた眼である。手当たり次第に物を投げつける。水が欲しい。カッと見開いたその眼は末期《まつご》の床にある祖父のものであった。

いや、今となっては、むしろ、床についた祖父の眼が、暗い水の底に身を沈めている何かの眼に似通っていたのだと思う。

○

曾祖父の一人息子であった祖父は、技術将校として満州で生き延び、戦後、妻と伯父たちを連れて帰国した。事業の失敗や戦時中に妻を亡くしたこともあって、戦後の曾祖父は腑抜《ふぬ》けになっていた。帰国した祖父は、半ば正気を失ってしまった曾祖父を屋敷の一室に押し込めて、家業を代行した。曾祖父を食いものにしていた連中を軒並みやっつけて廻ったという逸話は、どことなく始祖直次郎を思わせる。祖父は明治の終わりから続いた工場を閉め、満州で知り合った友人を招いて化学薬品の工場を始めた。現在はその工場を弘一郎伯父が引き継いでおり、父もそこで働いている。
伯父たちが小学生の頃に母親が亡くなり、和子さんがやって来る。そして伯父たちが高校生の時、花江さんに連れられて父が屋敷の門をくぐることになる。

◯

座敷に戻ると誰の姿もない。驚いて庭へ眼をやると、縁側にぼうっと弘一郎伯父が立って煙草《たばこ》を吹かしていた。彼は庭の方を向いて「さっきまではあったじゃないか」と苛々《いらいら》したように言っていた。伯父の隣へ行って庭を覗《のぞ》くと、父と孝二郎伯父が池の端に立ち尽くしていた。私も庭へ出た。電燈が投げ掛ける光の中で、池の中がぬちゃぬちゃと音を立てて蠢《うごめ》いていた。

「水がない」と父が言った。

石の敷き詰められた池の底が剝《む》き出しになっていた。その中でたくさんの鯉《こい》が、濡《ぬ》れた鱗《うろこ》を光らせながら、のたうちまわっていた。それぞれの鯉が絢爛《けんらん》たる色合いをしている分、それはひどく残酷で不気味な眺めだった。

「どうしたんでしょう」

「ともかく可哀相《かわいそう》だ。何とかせにゃいかん」孝二郎伯父が呻《うめ》いた。

「桶《おけ》に水いれて移しますか」

「水道から水が出ないよ」私は言った。

「便所のタンクにまだ水は残ってるかもしれない」と父。

「とても足りないだろう。いったんバケツに移して、それから下の疏水へ持っていって流そう。その方が良い」孝二郎伯父が言った。

さきほどまで酔っていたはずの孝二郎伯父が立派に采配《さいはい》を振るって、我々を指導した。大きな鯉に慣れない私にはかなり気味の悪い作業だったが、孝二郎伯父はシャツを脱いで平気で鯉を抱え上げ、父が水を汲《く》んできたバケツに落とした。鯉は伯父の腕の中で力なく暴れた。弘一郎伯父は顔をしかめていたが、途中からしぶしぶ鯉を運ぶ作業に加わった。

門から出て疏水まで行ってきた父が「おかしいな」と言った。「疏水はあんなに水嵩《みずかさ》が低かったかな。ほとんど水がない」

「もともと大した嵩はないだろう」と弘一郎伯父が言った。

「そう言っても、本当にもう足首ぐらいまでしかない」

「夏に雨が降らなかったせいじゃないのか」

「そういうことなんですかね」

鯉は全部で十匹ほどいて、それをすべて疏水へ流すのは大仕事であった。祖父の通夜《つや》なのにこういう仕事に精を出しているのが不思議な気もした。しかしその分、先ほどまで我々の間にわだかまっていた一種異様な緊張がほぐれたのにはホッとした。

ようやく片がついて生臭い匂いをさせながら座敷に戻ったときには、時計は午前一時半を指していた。孝二郎伯父のズボンは泥にまみれて惨憺《さんたん》たる有様で、我々はそれよりも幾らかましであったものの、服が台無しになったことには変わりなかった。

「叱《しか》られるなあ」弘一郎伯父がにやにやしながら言った。孝二郎伯父はズボンを脱いでハンカチで泥を拭《ぬぐ》っていた。「洗うこともできん」と誰にともなく言っている。

「それにしても、さっきまでは確かに水があったぞ」弘一郎伯父は言った。「俺の気のせいか。そんなはずはないな」

「ありましたよ。誰かが足を踏み込んでわめいてましたから」

弘一郎伯父が新しい線香を出した。

◯

花江さんが亡《な》くなったのは、八月の終わりのことである。伯父たちはその日のことをよく覚えている。

その日は休日であり、祖父は花江さんと茂雄を連れて朝から街へ出かけていた。東京へ発《た》つ日が明日に迫っていたので、弘一郎は荷造りをした。和子さんは彼の部屋を出たり入ったりして世話を焼いた。だんだん面倒になったので彼は適当なところで切り上げた。和子さんを残して屋敷から逃げ出し、弟が籠《こ》もっている大学図書館へ行った。ひどく暑くて退屈だったので、渋る弟を図書館の机から引きはがし、映画を観《み》に出かけた。

映画館の中にいるうちに夕立があったらしく、外へ出ると一層蒸し暑い。そのまま街をうろついて、二人が屋敷に戻ったのは夕暮れ時だった。暑苦しい西日があたりを橙色《だいだいいろ》に染め上げる中、屋敷は不気味に静まり返っていた。薄暗い玄関に足を踏み入れて声を掛けても、和子さんの返事がなかった。花江さんの姿も見えなかった。

庭に面した座敷に回ってみると、縁側に茂雄が一人で座っていた。花江さんたちはどこだい、と弘一郎は声を掛けた。しかし茂雄はただぼんやりとしていて返事もしない。庭の方からひどく生臭い匂いが、熱気と一緒に漂ってきており、弘一郎は顔をしかめた。傍らへ行って茂雄の顔を覗き込むと、顔中にびっしりと水泡のような汗の珠《たま》を浮かべたまま拭おうともせずにいる。弘一郎は茂雄の傍らにしゃがみ込んだ。

孝二郎は廊下を奥へ歩いて行った。中庭を巡る廊下はうっすらと湿っている。中庭の北側へ廻ると、薄暗い廊下の真ん中に、髪を振り乱した女性がしゃがみこんでいるのを見た。それは和子さんだった。傍らにはバケツが置いてあって、彼女は一心不乱に雑巾《ぞうきん》をかけていた。声を掛けると、彼女は不気味なものに触れたように身体を震わせた後、彼を振り返った。

物も言わぬ茂雄のそばで弘一郎が困っていると、孝二郎が険しい顔をして戻って来た。花江さんが事故に遭ったらしいと孝二郎は言った。和子さんが言うには、花江さんは風呂《ふろ》で溺《おぼ》れ、さきほど病院へ担《かつ》ぎ込まれた。親父《おやじ》と久谷さんがそれに付き添っているらしい。

庭には生臭い匂いがいっぱいに立ち込めていて、孝二郎も顔をしかめた。この匂いはなんだ、と孝二郎は唸《うな》った。弘一郎も首をかしげた。

そうやって縁側にしゃがみこんでいると、病院から戻ってきた久谷さんが玄関から上がり、座敷に顔を出した。聞きましたか、と彼は小声で言った。弘一郎たちは頷《うなず》いた。久谷さんは顔を曇らせて彼らを手招きした。彼らが顔を寄せると、久谷さんは縁側に居る茂雄の小さな背中へ眼をやった。花江さんは亡くなりました、と彼は言った。和子さんはどこです。しかし、なんだろう、この匂いは。

久谷さんと和子さんが話をしている間に、弘一郎は庭へ出た。すっかり干上がった池の底を、西日が照らしていた。たくさんの鯉の死骸《しがい》が底に貼《は》りついて、ぎらぎらと輝いていた。

○

遺体のそばで深夜まで過ごし、不吉な思いに凝り固まってしまったせいか、花江さんの死の経緯が、私は腑に落ちなかった。

その日、伯父たちは屋敷にいなかった。屋敷にいたのは祖父と花江さんと和子さん、そして幼い父だけである。花江さんは亡くなった。和子さんの様子はおかしく、伯父たちに謎《なぞ》めいた言葉を残した。事件の後、祖父は書斎に籠もり始める。父はその日の記憶を語らない、あるいは語ることができない。

私はそっと祭壇を見上げた。すでに亡くなっているとはいえ、勝手な推測をするのは良くないことである。しかし私は考えた。

和子さんはこの屋敷には何かが棲《す》んでいると仄《ほの》めかした。それが花江さんを殺したのだと。この屋敷に棲んでいる何かとは、ようするに祖父自身のことだったのではないか。伯父たちもそのことに気づいていながら口に出さずにいると私は思った。

そんな思いに耽《ふけ》っているうちに、ふいに蛍光灯が激しく瞬《またた》いて、消えた。我々はぎょっとして身じろぎした。中でも私の驚きが最も大きかったろう。まるで自分の想像を祖父に見透かされたような気がした。

祭壇に点《とも》してある蠟燭《ろうそく》の明かりだけが消えずに残って、不安げな我々の顔を闇《やみ》に浮かび上がらせていた。「なんだ」孝二郎伯父が呟《つぶや》いた。「停電か」

庭で点っている電燈を見て、弘一郎伯父が首を振った。

「停電じゃないだろう。蛍光灯が壊れたんだな」

「いよいよ百物語ですね」父が言って、伯父たちは顔を見合わせた。

「そろそろ親父が出るのか」孝二郎伯父がうめいた。

「やめろやめろ、下らん」弘一郎伯父が手を振って言った。「茂雄、階段下の物入れに蛍光灯があるはずだ。取って来い」

父は立ち上がろうとしたが、庭に目をやって微《かす》かにのけぞるようなそぶりをした。

父がまるで幽霊でも見たような顔をしているので、私と伯父たちは一斉に庭へ眼をやり、そのまま全員が凍りついた。ぼんやりとした電燈の明かりを背にして、細い女の影が浮かび上がっている。私は一瞬、一度も会ったことのない花江さんの姿を思い描いた。今、庭に立っている影の柔らかい肩の線や頼りない佇《たたず》まいは、写真から得た花江さんの印象と似通っていた。

蠟燭の揺れる明かりの中で、誰も一言も発しなかった。

やがて、「樋口様」と影は言った。

「芳蓮堂と申します」

○

蠟燭の明かりが揺れると、闇が揺れるような気がした。我々が気圧《けお》されたように口をつぐんでいても庭先に立った女性はいぶかしがるでもなく、平然としているらしい。風呂敷に包まれた小さな箱を、子供をあやすようにして抱いていた。

「芳蓮堂さん」弘一郎伯父がようやく口を開いた。「まあ、お上がんなさい」

女性は低頭してから、履き物を脱いでするすると座敷へ上がってきた。

「ずいぶん遅いですな」

孝二郎伯父が言っても、女性は頬に笑みを浮かべただけで言い訳をしようともしなかった。そうやって受け流す様が幽霊めいていて、私はこの女性は本当に約束していた骨董屋《こっとう》なのかという疑念に駆られた。こんな夜更《よふ》けに、若い女性が一人でやって来るというのは異様であった。

酔っていることもあって、我々は不作法に彼女の顔を見つめていたが、その女性は一向に動じない。そのまま風呂敷包みを解き始めた。中から古びた木箱が現れた。固唾《かたず》を飲んで見守る我々の前に、彼女はその箱から取り出した奇怪な形の品を差しだした。

「お待たせいたしました。こちらがお約束の品でございます。お確かめ下さいませ」

彼女は言った。

父や伯父たちは戸惑ったように眼を見合わせている。父が促したので、弘一郎伯父が首をかしげながらそれを手に取った。蠟燭の明かりなので判然としないが、紫色をした硝子《ガラス》製の瓶で、ひどく歪《いびつ》な形をした徳利のようにも見えた。二つのふくらみがまっすぐに並んでおらず、ねじ曲がっている。突き出した注ぎ口には大きな栓をした上から色褪《いろあ》せた和紙が被《かぶ》せられて、頑丈な紐《ひも》でぐるぐる巻きにされていた。伯父が回すと、蠟燭の明かりで輝き、とぷんとぷんと間の抜けた水音がした。弘一郎伯父から孝二郎伯父に渡された後、父が受け取り、最後に私が受け取った。誰もが無言であった。

女性が頭を下げて出て行こうとするので、弘一郎伯父が慌《あわ》てて引き留めた。

「ちょ、ちょっと待って下さい。これだけでは何のことか分からない。これはいったい何です」

「お預かりしていたものです」

「いや、そういうことではなく」弘一郎伯父はすっかり困った様子だった。「この妙な硝子の徳利はいったい何だろう。これがうちの家宝というのか」

女性は微笑《ほほえ》んで首を振った。

「いえ、その品はもともと芳蓮堂の先代の持ち物でございます。その容《い》れ物《もの》ごとお渡しすればよいと聞いておりますので」

「なに。じゃあ、中に入っているこれが家宝かい」

「私には分かりかねますが、ともかくその水が樋口様の」

「水、水なのかい、これは」

孝二郎伯父がその奇妙な徳利を耳元で揺らしながら言った。

「はい。水だとうかがっております」

彼女は静かに言った。

「なんでも百年前の琵琶湖の水とか」

我々は唖然《あぜん》として沈黙した。

こんな夜更けまで待ち受けていた家宝は水だった。

「あら」

彼女がふいに驚いたように顔を上げて、庭先を見つめた。眼を細めてじっと見ているので、父が「どうしました」と尋ねた。彼女は首を振った。「雨かと思いましたが」

「雨なんぞ降ってませんよ」と弘一郎伯父が言った。

「水の音がしましたもので」

彼女は庭先へ耳を澄ましながら、呟くように言った。

そのとき、たしかに私も水の流れ落ちる音を聞いた。どこか、深く暗い所へ流れ込み、渦を巻くような音であった。

「では、これで」

彼女はそう言って、そそくさと立ち上がった。

我々は縁側に立って見送った。彼女は軽やかに履き物の上に下りて振り返り、頭を下げた。その仕草のいちいちが、花江さんの幻影と重なるのが不思議であった。父も同じことを考えているのではないかと思って顔を窺《うかが》ってみたが、父はただ蒼《あお》い顔をしているだけだった。一人で大丈夫かと弘一郎伯父が尋ねたら、大丈夫ですと事もなげに言った。どこかに車を待たせているのかもしれなかったが、よく分からなかった。

「ええと、一つだけ」弘一郎伯父が言った。「誰かがこの通夜のことをお電話したということでしたが」

「ええ、朝の早く、七時頃でした」

彼女は応《こた》えた。

「どのような者でしたか」

「どのようなと言われましても」

彼女は首をかしげながら、微笑んだ。

「電話越しのことですからあまり当てになりませんが、何となく、ここにおいでの皆様方それぞれの声に似ていらっしゃったように思います。ただ、もう少しお歳《とし》を召されていたようですけれども」

それは祖父だったのではないかと私は思った。しかしすぐに、祖父が亡くなったのは未明のことであったと思い出し、そんな考えを打ち消した。

彼女が庭から立ち去って夜の闇の中へ姿を消してしまうと、まるで最初から彼女はいなかったような気がした。我々の手には、ただ水だけが残された。

○

我々は祖父の祭壇の前に、その水の入った風変わりな硝子の徳利を置いた。蠟燭の明かりが揺らめく中、四人でそれを神妙に眺めた。

「酔い覚めの水か」

弘一郎伯父がふいに言った。

孝二郎伯父は気が抜けたように「何のこっちゃ分からん」と言い、あぐらをかいて肩を落とした。「それにしても、まるで狐《きつね》につままれたみたいだ。気味の悪い女だねえ」

時計はもう午前二時を指していた。

「兄さんたちは少し寝たらどうですか」父が言った。

「そうだな」弘一郎伯父はぼんやりと言った。しかし何か気になることがあるらしく、寝に行こうとはしなかった。

「分からないのは、誰が芳蓮堂に電話したのかということだ」

弘一郎伯父は硝子の徳利を見つめながら、こだわっていた。

「親父じゃないよねえ」孝二郎伯父がおずおずと言った。

「あたりまえだ」と弘一郎伯父は言い切った。「今朝はもう」

「久谷さんか、矢野先生ではないですか」私は言った。

「あの人たちなら、ちゃんと俺たちに言うだろう」

「忘れていたのかもしれませんよ」

「そうかねえ」

我々は首をかしげるばかりであった。

「誰か、我々が知らない人がいたのではないですか」父がぽつんと言った。「ひょっとすると、あの大宴会の相手はその人だったのでは」

我々は互いを怖がるようにして見つめ合った。

「なんだか――」父が何か言おうとしていた。

私は二階の薄暗い洋間を思い描いた。

祖父が長いテーブルを挟んで濡《ぬ》れた獣と向かい合っている光景が浮かんだ。黒いテーブルに水が滴《したた》り落ちる様子まで鮮やかに思い描けるようであった。しかし、その時、なぜ私は濡れた獣などを想像したのか。どこからか、ひっきりなしに聞こえる水の音のせいである。直次郎と曾祖父《そうそふ》が開いたという奇怪な大宴会の幻像のせいでもある。そして曾祖父が没落したときの噂《うわさ》——屋敷で飼われている怪物が夜な夜な遠吠《とおぼ》えする。

ふいに弘一郎伯父が「ん」と首を傾《かし》げて耳を澄ました。我々も一緒になって耳を澄ました。どこかから聞こえてくる水の音が激しくなっていた。ごぼごぼと泡立つような音がして、ざあーと流れ落ちるような音もする。

蠟燭の明かりだけを頼りにして暗い座敷の中にいると、ちょうど暗い竪坑《たてこう》の底にいるようであった。どこからともなく聞こえてくる水音に耳を澄ましていると、この時空が百年前の工事現場と通い合うように思われた。もちろん私はその情景を知らないから、ただ暗い地の底の冷たさを漠然と思い浮かべるに過ぎない。そこは深い竪坑の底だ。

ずぶぬれになった男たちの影がランタンの光の中で蠢《うごめ》き、うめき声が聞こえる。身体《からだ》はどんどん冷たくなる。巨大な怪物のように横たわる水脈に突き当たって、汲《く》み出しても汲み出しても、土を突き破って水が飛び出してくる。そこには私の曾祖父の父親、つまり樋口直次郎の姿があったかもしれない。

「断水のはずじゃないのか」弘一郎伯父が腹立たしそうに言った。

「おいッ」

ふいに孝二郎伯父が大きな声を出して、我々を驚かせた。彼は眼を一杯に見開いて、祭壇の前に置かれた硝子の徳利を指さした。

顔を近づけて見ると、中にある水がゆっくりと減っていた。

「穴が開いてるんじゃないか」

弘一郎伯父が徳利を手に取って調べてみたが、底が割れているわけでもなく、辺りに水が漏れ出しているわけでもなかった。彼が手に持っている間も、眼に見えない誰かが飲み干しているように、徳利の中の水は無くなってゆく。

我々は息を詰めて、その徳利を眺めていた。

「酔い覚めの水」という伯父の言葉が脳裏をかすめた。

渦巻くような水音が更に激しくなってくる。急に尻《しり》に冷たいものを感じて、下を見ると畳が濡れていた。私が腰を上げると、伯父たちもそのことに気づいた。祭壇の方から水が流れ出して来ていた。孝二郎伯父が立ち上がって、どこから水が漏れているのか調べ始めた。彼は祭壇の背後に廻った。そこには閉じた襖《ふすま》があって、向こうが細い廊下を隔てて中庭になる。突然、襖に石を投げつけるような音がして、染《し》みが幾つも広がった。伯父がのけぞった。そのとき、彼の後ろ姿を見ていた父が、微かな悲鳴を上げるのを私は聞いた。

孝二郎伯父は襖を開いた。

中庭は真っ暗だが、硝子戸がぎいぎいと悲鳴を上げて、その隙間《すきま》から鉄砲水のように水流が飛び出していた。我々は中腰になって、祭壇越しに中庭を見つめた。闇《やみ》を貫くように水が飛び出してきて、祭壇の飾りを押し倒した。我々の周囲の畳に水が降り注いで、ばらばらと平手で叩《たた》いて廻るような音を立てた。冷たい水しぶきを浴びる父は真っ青な顔をして中庭の闇を見つめていた。

硝子戸の隙間から廊下に溢《あふ》れ出した水がそのままこちらの座敷に流

れ込んできて、我々の足元を庭へ向かってゆく。飛んできた水が祭壇に置かれた蠟燭《ろうそく》を押し倒し、辺りが一層暗くなった。

遠くの方で、母たちが我々を呼ぶ声を聞いたような気がした。

闇から飛び出す水を前にして、呆然《ぼうぜん》と立ち尽くす私の頭の中を、色々な記憶と妄想《もうそう》が飛び交った。

和子さんは、この屋敷には何かが棲《す》んでいると言い残した。祖父が最後に開いた宴会。洋間の漆黒のテーブルに置かれた、大きな魚の骨。ふいに干上がった池。座敷中に並べられた硝子の器。天井で揺らめく水の光。琵琶湖疏水《そすい》。樋口直次郎の見つけた家宝。中庭の社。和子さんの言葉——溺《おぼ》れる夢を見て目が覚めると、身体が生臭くならないか。花江さんもそれに殺されたのです。

この夏、死に向かって歩みながら、祖父は何を飲み続けたか。

水だ。

○

祖父の通夜《つや》が奇怪な終わり方をして、さらに数ヶ月が経《た》ってからのことである。屋敷の取り壊しが終わった夜、父と私は二人で呑《の》んでいた。

どこまでが幼い頃の本当の記憶で、どこまでが想像や夢の範疇《はんちゅう》に入るのか、その境目を見極めることは難しいと父は言った。

父の記憶の中で、祖父が襖を開く。

幼い父は祖父の傍らに立っている。廊下と硝子戸を隔てて中庭があるが、そこはいつにも増して暗く感じられる。向こう側にある廊下がゆらゆらと揺れている。父のいつも見ていた中庭ではない。

満々と水を湛《たた》えた中庭は、まるで大きな水槽のようである。苔《こけ》や細長い竹の葉の断片が宙を流れて行くのを父は見る。社のとなりにある竹藪《たけやぶ》が生き物のように蠢いている。硝子戸がぎしぎしと音を立てて、その隙間から水が廊下へ溢れ出して来る。眼を上にやると水面《みなも》が光を受けているのが見える。父は祖父の大きな手にすがりつくが、祖父は仁王立ちしたまま動かない。険しい顔の中にどこか憂《うれ》いを漂わせ、水に沈んだ中庭を見つめている。

ひらひらした着物が親子の目前を漂っている。父は息を飲む。祖父の手を揺さぶるが、祖父は何も答えない。ただ、一歩二歩、よろめくように前へ踏み出す。祖父が手を伸ばして、硝子戸《ガラスど》から飛び出す水に触れると、ひどく生臭い水しぶきが父の顔に飛び散る。幼い父は吐き気を覚える。

揺れる竹藪に隠れるようにして、人魚が蒼い水中に浮かんでいる。硝子戸の向こうに浮かぶその人魚は母親である。静かに目蓋《まぶた》を閉じ、微笑んでいるように見える。まるで何かに抱《いだ》かれているように、安らかな顔をしている。

それが父の記憶にある光景である。その後のことは、父には何も分からない。

○

中庭の闇が渦巻いている。地面から引き抜かれた竹が、何者かに振り回されているように、宙を回転しているのが見えた。ばらばらになった社の建材が硝子戸を突き破って飛び込んで来た。

最後の蠟燭が消えて、あたりは闇に沈んだ。

硝子戸が弾《はじ》け飛ぶ音がして、続いて襖も外れたらしい。水がドッと座敷に流れ込んできた。いったん祭壇にぶつかって、まっ二つに割かれた奔流が我々の脇《わき》を駆け抜けて行く。我々四人は祖父の棺《ひつぎ》にしがみついたまま、身を縮めた。

青い竹が祭壇の背を突き破って、弘一郎伯父の額を突いた。伯父のぱっくりと割けた傷口から血が出て、降り注ぐ水の流れに鮮血が散るのを見た。伯父は口をへの字に結んで棺に取りついたまま動かない。

孝二郎伯父も唇を噛《か》みしめたまま棺を摑《つか》んでいる。

中庭から溢れ出す奔流はますます激しくなって、屋敷全体を揺さぶり破壊しようとしているようであった。水しぶきに顔をしかめながら、私は背後を振り返った。水煙の向こうに庭の明かりがある。流れ出した水流は庭を横切り、庭木を押し分けて外へ向かっていた。我々は一つの水脈の中に立っているのだと私は思った。

あたりを押し包む息苦しい闇と水音の中に、私は何かの咆吼《ほうこう》を聞いた。それは巨大な動物を思わせる咆吼であった。恐ろしく、そして哀《かな》しげであった。

○

その深夜、祖父の屋敷の庭から流れ出した奔流は、庭の板塀を押し倒して、石垣を流れ落ち、その下の琵琶湖疏水へ流れ込んだ。疏水の水嵩《みずかさ》が膨れあがって、琵琶湖を目指して逆流した。細い疏水が泡立って渦を巻きながら遡《さかのぼ》り、わきを通る哲学の道にまで水が溢れた。鹿ヶ谷の永観堂から南禅寺へと奔流は逆に進んで、怒りに満ちた唸《うな》り声のような音を立てて煉瓦《れんが》造りの水路閣を震わせた。しかし蹴上《けあげ》発電所まで到達した奔流はそこでふいに死んだように勢いを失い、自然の流れに転じた。隧道《ずいどう》を抜けて琵琶湖へ到達することはなかった。

○

祖父は書斎へ寝床を作らせて、寝たり起きたりを繰り返した。父や伯父たちが訪ねても祖父は布団《ふとん》の中ではそれを迎えず、必ず書斎の黒光りするソファに腰掛け、落ち窪《くぼ》んで凄《すご》みを増してゆく眼を光らせた。祖父は気弱な言葉は漏らさなかった。父たちも祖父の病身をいたわるような言葉は掛けない。彼らは無言で睨《にら》み合うことが多かった。

二階にある北向きの書斎は湖底にあるように薄暗く、祖父の体臭が古い花瓶や書棚の置かれた暗くて埃《ほこり》っぽい隅々にまで染みついていた。父や伯父たちは、長くその書斎の中にいることに耐えられなかった。それに、あまり頻繁に訪ねると祖父は癇癪《かんしゃく》を起こした。身の回りの世話を許されたのは美里さんだけであった。

祖父が「水を飲みたい」と言ったので、美里さんが湯呑みに水を入れて持って行った。半身を起こして、顔をしかめながら口に含んだ祖父は、濡れた唇を歪《ゆが》めてだらだらと水を漏らし、めくった掛け布団に吐き出した。

「金気《かなけ》くさい、こんな水が飲めるか」

祖父は叫び、湯呑みを壁に投げつけた。背を丸めて唸った。

美里さんは祖父の背中に手をそえた。ごつごつと骨張った背が、彼女の掌《てのひら》の下で爬虫類《はちゅうるい》のように蠢いた。長く伸びた白髪が激しく乱れて、その隙間から妖《あや》しく輝く眼が覗《のぞ》いたとき、彼女はぎょっとした。垂れた白髪の向こうで輝くそれが、病に喘《あえ》ぐ祖父のものではなく、何か致命的な罠《わな》に捕らえられながらもなお、生きようとして激しくもがく獣の眼のように見えたのである。

死ぬものか、と祖父は呻《うめ》いた。

火炎のように熱い息を吐き出しながら、繰り返した。

祖父はそのまま昏睡《こんすい》状態に陥り、矢野医師とその息子、父たちが屋敷へやって来た。亡《な》くなったのはその翌日の未明である。

○

樋口直次郎が建てて以来、幾度かの改修を経ながらも東山のふもとで時を刻んできた樋口家の屋敷は、その歴史を終えた。初冬には、弘一郎伯父の手配で解体工事が始まった。父や伯父たちと一緒に、私もそれに立ち会った。

砕かれた木材の大半が、トラックで運ばれたあと、我々はがらんとした敷地をぶらついてみた。あれだけ広かった屋敷も、更地にされてしまうと意外に小さく感じられるのが不思議だった。かつての玄関を抜け、記憶の中の廊下を辿《たど》り、我々は中庭に出た。

あの謎《なぞ》めいた社はすでになく、苔も岩も一緒くたになった泥の中に、へし折られた竹の残骸《ざんがい》が突き立っていた。その泥から、錆《さび》と泥にまみれた鉄の塊が浮き上がっている。ねじくれた太いパイプが突きだして、まるで怪物の心臓のようである。大きな機械の一部らしかったが、内側からの凄《すさ》まじい力で破壊されてほとんど原形をとどめていなかった。

我々はその機械を囲んだ。弘一郎伯父は紺色のマフラーに顎《あご》を埋めたまま、寒そうに立っていた。孝二郎伯父はむくむくと膨れたジャンパーを着て、煙草《たばこ》をふかしていた。父は黄土色のコートを着て、ポケットに手を突っ込んでいた。私は手を伸ばし、冷たい鉄にこびりついた泥に触れた。

私は遠い昔のことを考えた。かつて、琵琶湖から隧道を掘るという事業を阻《はば》み、携わる人間たちに辛酸を舐《な》めさせた水脈があった。目の前にある鉄塊は、その水脈を呑み込んだ蒸気ポンプではないかと私は想像した。そして、あの晩夏の夜、百年に亘《わた》る幽閉を解かれた何かが、屋敷を破壊するほどの奔流に乗って琵琶湖を目指し、ついに至らずに終わったのだ。

内側から突き破られて歪んでいるところに、私は手を入れた。すべすべした小皿ぐらいの円い板が幾つか貼《は》りついていた。

「それは何かね」

私の手元を覗《のぞ》き込んで、弘一郎伯父が言った。

「綺麗《きれい》だね」と孝二郎伯父が言った。

それは半透明で青みがかっていた。光に透かしてみると、波紋のような柔らかい模様が見て取れた。向こう側に透けて見える父の姿が、水の中に沈んでいるように見えた。

それは微《かす》かに湾曲していて、恐ろしく大きな鱗《うろこ》のようでもあった。

本書は、株式会社新潮社のご厚意により、新潮文庫『きつねのはなし』を底本としました。但し、頁数の都合により、上巻・下巻の二分冊といたしました。

きつねのはなし　下

（大活字本シリーズ）

2024年5月20日発行（限定部数700部）

底　本　新潮文庫『きつねのはなし』

定　価　（本体2,900円＋税）

著　者　森見登美彦

発行者　並木　則康

発行所　社会福祉法人 埼玉福祉会

埼玉県新座市堀ノ内3—7—31　〒352—0023

電話　048—481—2181

振替　00160—3—24404

印刷製本所　社会福祉法人　埼玉福祉会 印刷事業部

ISBN 978-4-86596-646-6